धर्मगुरु

(नाटक)

धर्मगुरु

स्वराजबीर

अनुवाद
डॉ. चमन लाल

राधाकृष्ण प्रकाशन

ISBN : 978-81-8361-012-4

धर्मगुरु

पहला संस्करण : 2005
पहली आवृत्ति : 2022
This book is printed on **Print on Demand** Technology : 2026

मूल्य : ₹ 395

प्रकाशक
राधाकृष्ण प्रकाशन प्राइवेट लिमिटेड
जी-17, जगतपुरी, दिल्ली-110 051

शाखाएँ : अशोक राजपथ, साइंस कॉलेज के सामने, पटना-800 006
पहली मंजिल, दरबारी बिल्डिंग, महात्मा गांधी मार्ग, प्रयागराज-211 001
1, अनमोल सोराबजी संतुक लेन, धोबी तलाव, मरीन लाइंस, मुम्बई-400 002
वेबसाइट : www.radhakrishnaprakashan.com
ई-मेल : info@radhakrishnaprakashan.com

DHARAMGURU
(A Play) by Swarajbir
Translated by Chaman Lal

कुछ दृश्य

अशोक पराशर

के

लिए

भालि रहै हम रहणु न पाइया
जीवतियाँ मरि रहीऐ

—गुरु नानक

कथानक

जब साधारण से अलग कुछ घटता है तो कथा का जन्म होता है। वह लोगों के मन में जवान होती है और मौखिक रूप में चलती रहती है। लोगों की सृजन शक्ति इसे कई तरह से सजाती है। कोई इसमें नए रंग भरता है तो कोई इसमें नई घटना जोड़ देता है। इस तरह कथा बलवान होती है। पुनःसृजन करते हुए कोई इसमें अपने अर्द्धचेतन का स्पर्श छोड़ जाता है और कोई सचेत-अचेत इसमें अपने वर्ग या जाति की शक्ति और स्वार्थ के रंग भर देता है। चलते-चलते कई बार कथा का कोई हिस्सा, कोई अंग टूट जाता है, बह जाता है, मिट जाता है, गुम हो जाता है। इसलिए कई बार कथा में खरोंचे और गड्ढे दिखाई देते हैं। कोई कथाकार इसे कल्पना द्वारा नया बना देता है और कई बार यह अपूर्ण रह जाती है।

'धर्मगुरु' की कथा मैंने 89-90 में लिखनी शुरू की। 94-95 में मित्र लेखकों की बैठक में इसका प्रथम पाठ किया। उनके सुझावों को सुनकर मैं पुनः-पुनः कथा के स्रोतों की ओर लौटा और कुछ नया ग्रहण कर लौटा। शान्तिदेव और मोहनजीत ने इसका अक्षर-अक्षर पढ़ा, वाचन किया और सुझाव दिए। केवल धालीवाल ने मूल पांडुलिपि का कई बार पाठ किया और रंगमंचीय दृष्टि से दृश्यों के घटाने-बढ़ाने सम्बन्धी राय दी। इस बात ने निर्देशक और लेखक के बीच संवाद को जन्म दिया, जो निश्चित रूप में लाभदायक है। भगवान जोथ ने पांडुलिपि के अंतिम प्रारूप को पढ़ा और दार्शनिक पक्ष से मूल्यवान सुझाव दिए।

मैं इन सभी दोस्तों का आभारी हूँ। परमिंदरजीत द्वारा मंचन और कविता के अर्थ सम्बन्धी दिए गए सुझावों के प्रति मैं उनका शुक्रगुजार हूँ।

मेरे तीन नाटकों—'धर्मगुरु', 'कृष्ण' तथा 'मेदनी' को पुराणपंथी मानसिकता रखने वालों के विरोध का सामना करना पड़ा है। 'कृष्ण' का मंचन तो एक बार ही हो सका। इसके बाद की सभी प्रस्तुतियाँ बजरंगदल तथा अन्य रूढ़िवादी संगठनों के विरोध का शिकार होती रहीं। इस विरोध में अधिकारी-तंत्र और पुलिस ने भी इनका साथ दिया।

धर्मगुरु का विरोध इतना तीखा नहीं था। सम्भवतः इसकी वजह यह है कि इस नाटक का कथ्य आज की बदलती सामाजिक मानसिकता की अभिव्यक्ति है। यह नाटक आज के दौर में हर तरह के उन धार्मिक अंधविश्वासों तथा सामाजिक रूढ़ियों का विरोध करता है जो एक वर्ग द्वारा पूरे समाज पर लादी गई हैं और इसका नायक मानवीय संवेदना लिए इन सबके विरोध में खड़ा है।

धर्मगुरु नाटक ने पंजाबी आलोचकों का अपनी ओर विशेष ध्यान खींचा है। लेकिन जिन दो मुद्दों की ओर ध्यान नहीं दिया गया, उनमें से एक है—धर्मसभा की स्थापना और उस सभा की ओर से मनुष्य की स्वतंत्रता पर लगाए जाने वाले अंकुश। आज सत्ताधारी वर्ग धार्मिक संगठनों के द्वारा मनुष्य और समाज पर फतवानुमा पाबंदियाँ लगाने का संचालन करता है। इस तरह का व्यवहार हमारे अपने देश में और बाहर के देशों में प्रत्यक्ष देखा जा सकता है। यह अलग बात है कि आज की सुपर पावर अपना 'फतवा' या 'हुकमनामा' जारी करने से पहले किसी सभा की भी जरूरत महसूस नहीं करती। दूसरा मुद्दा है नाटक का बुनियादी सरोकार। इस नाटक का बुनियादी सरोकार जीवन की प्राथमिकता है। नाटक का नायक तीन स्तरों पर इस प्राथमिकता की रक्षा करता है। सबसे पहले यह भावात्मक स्तर पर अपने प्रेम की रक्षा करता है। दूसरे वह भौतिक स्तर पर ऋषि विश्वामित्र और अपने परिवार को भुखमरी से बचाने के लिए हर संभव यत्न करता है और तीसरे बौद्धिक स्तर पर धर्मसभा में मनुष्य की विचार-स्वतंत्रता का ऐलान करता है।

धर्मगुरु को पंजाबी दर्शकों की ओर से व्यापक स्तर पर स्वीकृति मिली है। इस बात की गवाह है, 1998 में 'गदरी बाबाओं के वार्षिक मेले' में हजारों लोगों के सामने इसकी प्रस्तुति और उनके द्वारा इसका

स्वागत। इसका कारण है कि नाटक की जड़ें भले ही प्राचीन इतिहास-मिथक में हैं लेकिन इसका सन्दर्भ पूरी गहराई के साथ आज की वास्तविक स्थिति से जुड़ा हुआ है। इसीलिए पंजाब के लोगों ने खुले दिल से धर्मगुरु को स्वीकार किया।

—स्वराजबीर

आदिकथा

सत्यव्रत प्राचीन ग्रन्थों में त्रिशंकु के नाम से प्रसिद्ध है। त्रिशंकु की कथा रामायण (वाल्मीकि रामायण : बालकांड सर्ग 57-59), श्रीमद्भागवत (नौवाँ स्कंद), हरिवंश (अध्याय 12-13) और देवी भागवत में मिलती है। सत्यव्रत के अतिरिक्त प्राचीन ऋषि वसिष्ठ और विश्वामित्र इस कथा के अन्य प्रमुख चरित्र हैं। इन ऋषियों के परस्पर झगड़े के वर्णन इन ग्रन्थों में और कुछ अन्य प्राचीन ग्रन्थों (जैसे महाभारत-आदिपर्व) में मिलते हैं। कई ग्रन्थों में कथा सम्पूर्ण रूप में है, लेकिन कई जगह इसका रूप खंडित व अत्यन्त संक्षिप्त है। यदि कथा को एकत्र कर लिया जाए तो इसका संयुक्त रूप निम्नानुसार बनता है—

सत्यव्रत अयोध्या के राजा त्यारुण का पुत्र था। उसके स्वभाव और बाहुबल सम्बन्धी अलग-अलग पुराणों में कई तरह के वर्णन मिलते हैं। एक बार जब एक ब्राह्मण की बेटी का ब्याह हो रहा था तो सत्यव्रत विवाह मंडप में दाखिल हुआ और दुल्हन को उठा ले गया। इस बात पर क्रुद्ध होकर महाराजा त्यारुण ने सत्यव्रत को अयोध्या छोड़ देने का आदेश दिया और सत्यव्रत नगर से बाहर तथाकथित निम्न लोगों (दलितों और श्व-पाचकों) के साथ रहने लगा। पुराणों में इस बात का स्पष्ट संकेत मिलता है कि यह आदेश अयोध्या के पुरोहित महर्षि वसिष्ठ के कहने पर दिया गया। वसिष्ठ का वर्णन कई जगह भगवान् वसिष्ठ नाम से मिलता है, जो उसके प्रभाव और महत्त्व का साक्ष्य है। इस बात के पूरे संकेत मिलते हैं कि सत्यव्रत के मन में वसिष्ठ के प्रति अत्यन्त घृणा और निराशा उत्पन्न हुई क्योंकि उसे यकीन था कि इस आदेश के पीछे वसिष्ठ का ही हाथ है।

पुत्र के नगर से चले जाने पर त्यारुण के मन में भी वैराग्य जगा

और वह भी तपस्या करने वन में चला गया। पुराणों में वर्णन है कि उस समय पुरोहित और यजमानी सम्बन्धों के कारण राजकाज की पूरी जिम्मेदारी ऋषि वसिष्ठ के कन्धों पर आ गई। इसी दौरान राज्य में भयानक अकाल पड़ा और कई साल वर्षा नहीं हुई। उन्हीं दिनों ऋषि विश्वामित्र अपनी पत्नी और बच्चों को पीछे छोड़ कर तपस्या करने वनों में गए हुए थे। एक दिन भूख से तंग आकर विश्वामित्र की पत्नी सत्यवती ने अपने बीच के पुत्र के गले में घास की बनी रस्सी डाली और उसे बेचने चल पड़ी। रास्ते में उसकी भेंट सत्यव्रत से हुई, जिसने उनकी सहायता का वचन दिया। गले में रस्सी डाले जाने के कारण यह बालक बाद में गालव ऋषि के रूप में प्रसिद्ध हुआ। इस घटना के बाद सत्यव्रत ऋषि विश्वामित्र के परिवार के लिए भोजन का प्रबन्ध करने लगा। एक बार खाने के लिए कुछ न मिलने पर सत्यव्रत ने ऋषि वसिष्ठ के आश्रम से उसकी गाय नंदिनी चुराई, उसे मार कर उसका मांस खुद भी खाया और ऋषि विश्वामित्र के परिवार को भी खिलाया। इससे ऋषि वसिष्ठ ने उसे चांडाल बन जाने का श्राप दिया और साथ ही उसे तीन पापों या शंकुओं (पिता की आज्ञा न मानना, ब्राह्मण की बेटी को निकाल ले जाना और गोहत्या) का अपराधी ठहरा कर त्रिशंकु नाम दिया। दिल में गहरा क्रोध लेकर सत्यव्रत वन में चला गया और घोर तपस्या की।

तपस्या के कारण अलग-अलग देवी-देवता (पुराणों में हर पुराण के अनुसार उस पुराण के पूज्य देवी-देवता) प्रसन्न हुए। इसी समय में ही त्र्यारुण ने लौटकर राजकाज पुत्र सत्यव्रत को सौंप दिया। राजा बन कर सत्यव्रत ने कई वर्षों तक राज्य किया। उस समय सत्यव्रत के मन में सदेह स्वर्ग जाने की इच्छा उत्पन्न हुई। सत्यव्रत ने यह इच्छा वसिष्ठ के सामने प्रकट की, जिसने इस इच्छा से क्रोधित होकर उसे फिर चांडाल बन जाने का श्राप दिया।

वसिष्ठ के श्राप से चांडाल बन जाने से सत्यव्रत फिर वन-वन भटकने लगा। यहीं पर ऋषि विश्वामित्र (जिसे उनकी पत्नी सत्यवती ने सत्यव्रत द्वारा उन्हें दी गई सहायता सम्बन्धी सारी कहानी बताई थी) ने सत्यव्रत को चांडालपन से मुक्त किया और अपने तप के प्रताप से उसे सदेह ही स्वर्ग भेज दिया। जब इन्द्र और अन्य देवताओं ने सत्यव्रत को सदेह

स्वर्ग आते देखा तो उनमें भगदड़ मच गई। देवताओं ने उसे स्वर्ग में प्रवेश न करने दिया और धक्का मार कर पुनः धरती पर फेंक दिया। सत्यव्रत को वापिस आते देख विश्वामित्र ने अपने तप से उसे धरती पर गिरने से बचाया और सत्यव्रत स्वर्ग और धरती के बीच ही लटकने लगा। देवताओं के व्यवहार से खीझ कर विश्वामित्र ने सत्यव्रत के लिए अलग स्वर्ग का सृजन किया। इस बात से घबरा कर इन्द्र और अन्य देवताओं ने ऋषि विश्वामित्र से प्रार्थना की, उन्हें प्रति-स्वर्ग बनाने से मना किया और इन्द्र स्वयं सत्यव्रत को सदेह ही स्वर्ग ले गया।

कई पुराणों में यह वर्णन है और कई पुराणों में यह कि सत्यव्रत अभी भी अपने त्रिशंकु रूप में स्वर्ग और धरती के बीच लटका हुआ है।

उपरोक्त कहानी कथा का मूल शरीर है। किसी ग्रन्थ में किसी बात पर ज्यादा जोर और विस्तार दिया गया है और किसी में कम। उदाहरण के रूप में, उसके चांडालपन से छुटकारा मिलने का कारण कहीं विश्वामित्र की कृपा बताया गया है तो कहीं किसी देवी या देवता की आराधना, जिसके नाम पर पुराण की रचना की गई है। मेरे नाटक की कहानी हरिवंश पुराण में अंकित कथा के अधिक निकट है। उपरोक्त कहानी के लिए मैं श्री वैटम मणि (कर्ता-पौराणिक इनसाइक्लोपीडिया) का भी आभारी हूँ।

—स्वराजबीर

कथावस्तु का पुनःसृजन

स्वराजबीर ने अपने नाटक *धर्मगुरु* की कथावस्तु, पुराण-इतिहास, वाल्मीकि रामायण तथा महाभारत से ली है। इन प्राचीन ग्रन्थों में अयोध्या के राजकुमार सत्यव्रत की कथा-कहानी जगह-जगह बिखरी हुई है। इसकी परिधि व्यापक है। यह राजकुमार सत्यव्रत की जवानी से लेकर उसके स्वर्ग जाने और स्वर्ग से उसके बाहर निकाले जाने तक फैली हुई है। इस कथा में अनेक घटनाएँ हैं। उनके अलग-अलग सन्दर्भ हैं। ये सन्दर्भ अलग-अलग चरित्रों से जुड़े हुए हैं। स्वराजबीर ने राजकुमार सत्यव्रत की इसी बिखरी हुई कथा को आधार बनाकर अपने नाटक *धर्मगुरु* की कथावस्तु का पुनःसृजन किया है।

पुराण साहित्य की कथाएँ मौखिक धारा की परम्परागत कथाएँ हैं। कहीं ये सीधी-सादी हैं तो कहीं जटिल। कोई भी रचनाकार जब पुराण साहित्य से कथा-कहानी लेता है तो अपनी रचना को कलात्मक बनाने के लिए उसका रूपांतरण करने से पहले परम्परागत रूप को तोड़ कर उसे नए रूप में ढालता है। उसका पुनःसृजन करता है। कथावस्तु की रचना-प्रक्रिया में से गुजरते हुए वह पारंपरिक कहानी के कई अंश छोड़ देता है और कई नए अंश जोड़ देता है। इसके साथ ही वह कथा की घटनाओं, उनके समूचे संदर्भों और चरित्रों को तार्किक संगति देने के लिए नई घटनाओं की सृष्टि करता है। इस रचना-प्रक्रिया के बाद ही पारंपरिक कथा, कलात्मक कथावस्तु बनती है। स्वराजबीर ने राजकुमार सत्यव्रत (त्रिशंकु) की पौराणिक कथा का रूपांतरण करते समय इसी रचना-प्रक्रिया का सहारा लिया है। आधुनिक भारतीय भाषाओं के रचनाकार, जो पुराण, वाल्मीकि रामायण और महाभारत से कथा-कहानी लेकर कलाकृति की रचना करते हैं, इसी रचना-प्रक्रिया का सहारा लेते

हैं। संस्कृत के कवि एवं नाटककार अपने महाकाव्य और नाटक लिखते समय इसी विधि के सहारे कथा का रूपांतरण करते रहे हैं। नाटककार महाकवि कालिदास ने भी इसी विधि से अपने नाटकों की कथावस्तु का सृजन किया था।

शकुंतला (अभिज्ञानशाकुंतलम्) नाटक इस प्रकार की रचना-प्रक्रिया का ठोस प्रमाण है। इस नाटक की कथा पुराण साहित्य और महाभारत से ली गई है। जानकार जानते हैं कि प्राचीन ग्रन्थों में कथा का स्वरूप बड़ा सरल और सीधा है। उसमें दुष्यंत को शकुंतला की पहचान आकाशवाणी द्वारा होती है। दुष्यंत द्वारा शकुंतला को दी जानेवाली अंगूठी का कोई जिक्र नहीं है लेकिन इस घटना को कालिदास ने नाटक का प्रमुख सूत्र बनाया है। (अँगूठी गंधर्व विवाह करने की निशानी है। पहचान का चिह्न है और इसी चिह्न के कारण ही कालिदास ने अपने नाटक का शीर्षक अभिज्ञानशाकुंतलम् रखा है।) इसके अतिरिक्त भी कालिदास ने बहुत से काल्पनिक प्रसंगों और घटनाओं की सृष्टि कर नाटक की कथावस्तु का पुनःसृजन किया है।

पुराण साहित्य की कथा और कालिदास के शकुंतला नाटक की कथावस्तु के इस उदाहरण से स्पष्ट हो जाता है कि पुराण साहित्य की कथाएँ पारंपरिक हैं। इन्हें कलात्मक कथावस्तु का जामा पहनाने के लिए इनका रूपांतरण करना जरूरी है। स्वराजबीर ने भी अयोध्या के राजकुमार सत्यव्रत की पौराणिक कथा को अर्थपूर्ण और कलात्मक बनाने के लिए इसका रूपांतरण किया है। इसके कई अंश और प्रसंग छोड़ दिए हैं और कई अंश और प्रसंग इसमें जोड़ दिए हैं। कई नई घटनाओं की सृष्टि भी की है।

धर्मगुरु नाटक की कथावस्तु है—मानव का धर्म और मानव का कर्म। स्वराजबीर ने राजकुमार सत्यव्रत की कथा में से वही प्रसंग और घटनाएँ ली हैं, जो इस थीम से सम्बन्धित हैं। जो प्रसंग और घटनाएँ नाटक की थीम से सम्बन्ध नहीं रखतीं, वे उसने छोड़ दी हैं। उदाहरण के तौर पर सत्यव्रत के स्वर्ग जाने और वहाँ से निकाले जाने की कहानी का पूरा प्रसंग उसने अपने नाटक *धर्मगुरु* की कथावस्तु का हिस्सा नहीं बनाया। उसने अपनी थीम को उभारने के लिए कई नए प्रसंगों की कल्पना की है, जैसे अपने आश्रम में धर्मगुरु वसिष्ठ का बालकों को

पढ़ाना और उनके मन में स्वर्ग प्राप्ति की लालसा जगाना, ब्राह्मण पुत्री और सत्यव्रत का परस्पर प्रेम, राजकुमार सत्यव्रत को दंड देने के लिए धर्मगुरु का दो बार धर्मसभा बुलाना आदि। इन संरचनाओं से कहानी नए अर्थ ग्रहण करती है।

धर्मगुरु नाटक की कथावस्तु की रचना-प्रक्रिया को देखते हुए कह सकते हैं कि स्वराजबीर ने रचना-प्रक्रिया का टकसाली ढंग अपनाया है।

नए नाट्य रूप का आरम्भ

स्वराजबीर के नाटक *धर्मगुरु* के नाट्य-रूप और रंगमंच सम्बन्धी बात करने से पहले यह जान लेना जरूरी है कि नाटक और रंगमंच की समृद्ध परम्परा हमारी विरासत में है। महान नाटककार ब्रेख्त ने हमारी विरासत से कुछ नाट्य-रूपों को लेकर अपने नाटकों का सृजन किया और रंगमंच का निर्माण किया। पंजाबी नाटककार शुरू से ही पश्चिम के यथार्थवादी रंगमंच को मॉडल बना कर नाटकों की रचना करते रहे हैं। अपनी भाषा का रंगमंच निर्मित करने की ओर बहुत कम ध्यान दिया गया है। आजकल के नाटककारों के नाटकों में अपनी परम्परा के कुछ एक नाट्य-रूपों की झलक दिखाई देने लगी है, इसे शुभारंभ कह सकते हैं।

यहाँ यह स्पष्ट कर देना ज़रूरी है कि विरासत से अर्थ है—पंजाबी संस्कृति, लोक-नाटक एवं संस्कृत नाटक। इस सम्पूर्ण विरासत से ही पंजाबी भाषा के रंगमंच का निर्माण किया जा सकता है। मराठी का 'तमाशा' इसका खूबसूरत उदाहरण है। यह मराठी का लोक-नाटक था। कुछ नाटककारों ने माँज-सँवार कर, कल्पना द्वारा और नए रंग भर कर इस लोक-नाटक को उसी प्रकार मराठी के शास्त्रीय नाटक के रूप में बदल दिया है, जैसे मणिपुर, उड़ीसा एवं उत्तर प्रदेश के लोक-नृत्य (मणिपुरी, ओडिसी और कत्थक) नियमबद्ध होकर क्लासिकल नृत्य बन गए हैं।

धर्मगुरु को इस सन्दर्भ में रख कर देखते हैं तो यह कहना होगा कि नाटककार ने अपनी विरासत से बहुत से नाट्य-रूप एवं शैली-रूप लेकर अपनी परिकल्पना द्वारा नई नाट्य-शैली का निर्माण किया है। उसने विरासत से नाटक के जितने भी अंग एवं शैली-रूप लिए हैं उनका

ऐसे ढंग से प्रयोग किया है कि *धर्मगुरु* नाटक का पूरा स्वरूप ही मौलिक रूप धारण कर गया है। धर्मगुरु के इस मौलिक नाट्य-रूप को बहु-स्तरीय नाटक का नाम दे सकते हैं।

सबसे पहले इस नाटक के स्वरूप को समझ लेना जरूरी है। *धर्मगुरु* नाटक का बुनियादी स्तर है—मूल कथावस्तु। यह कथावस्तु अयोध्या के राजा त्र्यारुण, राजकुमार सत्यव्रत, धर्मगुरु वसिष्ठ, सत्यव्रत की प्रेमिका चित्रलेखा, ऋषि विश्वामित्र की पत्नी और ऋषि विश्वामित्र के मध्य मनुष्य के 'धर्म' और मनुष्य के 'कर्म' के संघर्ष को लेकर चलती है। धर्म और कर्म का यही संघर्ष *धर्मगुरु* नाटक की मुख्य थीम है। इस संघर्ष का जन्म तभी हो गया था, जिस समय पूरे समाज को जाति व्यवस्था के विधि-विधान में बाँध दिया गया था। इसी विधि-विधान को धर्म का नाम दिया गया। धर्मगुरु इसी को धर्म मानते हैं और धर्म के नाम पर पूरे समाज को पाप-पुण्य का भय दिखा जकड़े रखना चाहते हैं। यह समस्या उस दिन तक चलती रहेगी, जब तक भारतीय समाज इसकी जकड़ से मुक्ति नहीं पा लेता।

धर्मगुरु नाटक के इस बुनियादी स्तर से, विरासत से स्वराजबीर ने जितने भी नाट्य-रूप लिए हैं या नए रूपों का सृजन किया, वे स्तर-दर-स्तर चलते हैं। उसने उनका प्रयोग बँधी-बँधाई परम्परा के रूप में नहीं, वरन् कथावस्तु को गति देने के लिए, कथावस्तु को उभारने के लिए और चरित्रों को स्पष्ट करने के लिए मौलिक ढंग से किया है।

उदाहरण के तौर पर हम सूत्रधार की बात करते हैं। संस्कृत नाटकों में सूत्रधार नाटक का आरम्भ करा कर परदे के पीछे चला जाता है। इसके बाद वह सिर्फ निर्देशक रह जाता है। *धर्मगुरु* के सूत्रधार की भूमिका इससे अलग है। वह नट और नटनियों के साथ कई बार रंगमंच पर आता है। वह कभी नाटक की कथावस्तु को प्रस्तुत करता है, कभी कथावस्तु को गति देता है और कभी संघर्ष की व्याख्या करता है। इस काम के लिए वह एक बार गद्य का सहारा भी लेता है। अन्यथा वह नट और नटनियों के साथ गीतों द्वारा नाटक को संगीतमय बनाता हुआ नाटक का नया स्वरूप खड़ा कर देता है। इस नाटक की विशेष बात यह है कि नाटक का आरम्भ भी सूत्रधार से होता है और अन्त भी

सूत्रधार करता है। लेकिन अंतिम समूह-गान में अन्य कलाकार भी शामिल हो जाते हैं और इस तरह समूह-गान में वह बात करते हैं, जो नाटक में उनकी भूमिका से परे की है। यह संस्कृत नाटक के भरतवाक्य का ही एक रूप है। इस प्रकार सूत्रधार, नट और नटनियाँ पूरे नाटक में दूसरे स्तर का पर्दा तान देते हैं।

धर्मगुरु नाटक में कुटनियों की भूमिका रोचक भी है और स्तर-दर-स्तर निर्माण भी करती है। यों तो कुटनियों वाला पहला दृश्य लोक नाट्य का ही रूप है, जिसमें मजाक और चुगली का प्राधान्य है। दूसरे दृश्य का रूप यों तो लोक नाट्यवाला ही है, लेकिन इसके संवाद विचित्र और अद्भुत की सीमा से आर-पार जाते हैं। वसिष्ठ के शिष्य और भूख के मारे लोगों के गीत, कविताएँ और स्तोत्र नया स्तर स्थापित करते हैं और *धर्मगुरु* के नाट्य-रूप और स्वरूप का कैनवास विशाल बना देते हैं। इस नाटक की एक विशेष बात यह है कि कहानी के सारे मूल चरित्र गद्य में ही संवाद बोलते हैं। इस प्रकार पूरा नाट्य संवाद गद्य और गीतों में चलता है।

अन्त में इस परत-दर-परत चलने वाले बहु-स्तरीय नाटक की सफलता सम्बन्धी यह कहना जरूरी है कि इसके सारे नाट्य-रूप और नाट्य-शैलियाँ एक-दूसरे की इस तरह पूरक बनकर आई हैं कि ये घुलमिल कर एक हो गई हैं। *धर्मगुरु* नाटक के बहु-स्तरीय एवं बहु-आयामी रूप को एक नए नाट्य-रूप का प्रारंभ कह सकते हैं।

नई दिल्ली **—शान्तिदेव**

जुलाई 1999

धर्मगुरु

पात्र

त्यारुण — अयोध्या का राजा
सत्यव्रत — त्यारुण का पुत्र और अयोध्या का युवराज
वसिष्ठ — ऋषि और अयोध्या का धर्मगुरु
चित्रलेखा — सत्यव्रत की प्रेमिका और बाद में पत्नी
सुधर्मा — सत्यव्रत का मित्र
विश्वामित्र — एक अन्य प्राचीन ऋषि
सत्यवती — विश्वामित्र की पत्नी
विश्वामित्र का पुत्र
वसिष्ठ के शिष्य

सूत्रधार

नट-नटनियाँ, मालिन, ढिंढोरची
कुटनियाँ
और साधारण लोग।

स्थान

अयोध्या नगर और उसके आसपास का क्षेत्र

समय

उत्तर-वैदिक काल

प्रस्तावना

[मंच पर अँधेरा है। हाथों में जलते दीए लेकर सूत्रधार, नट और नटनियाँ गाते हुए प्रवेश करते हैं।]

सूत्रधार : *(नट और नटनियाँ) :*

कथा सुनानी कठिन है लोगो !
कथा यह सुनाएँ कैसे ?
कथा यह सुनाएँ कैसे ?
कथा सुनानी कठिन बड़ी है
कथा यह कैसे सुनाएँ ?
कथा ....

यह कथा है आदिधर्म की
मनुष्य के अपने कर्म की
कठिन पंथ धर्म के रस्ते
कैसे कथा तक जाएँ ?
कैसे कथा तक जाएँ ?
कथा यह कैसे सुनाएँ ?
कैसे............................

यह कथा है पुण्य-पाप की,
एक ऋषि के महाश्राप की,
पाप-पुण्य के कठिन प्रश्न हैं
प्रश्न ये कैसे उठाएँ ?
प्रश्न ये कैसे उठाएँ ?

कथा यह कैसे सुनाएँ ?
कथा ....

[गीत में सूत्रधार, नट-नटनियाँ कहीं दूर अँधेरे में कथा ढूँढ़ने का अभिनय करते हैं और गाते हुए मंच से बाहर चले जाते हैं ।]

अंक : एक

दृश्य एक

[मंच पर अँधेरा है। पृष्ठभूमि में संस्कृत के श्लोक सुनाई दे रहे हैं]

चंद्रमा अप्स्वश्न्तरा सुपर्णो धावते दिवि।
न वो हिरण्यनेमयः पदं विदंति विद्रयुतो वित्तं मे अस्य रोदसी।।

अर्थमिद्वा उ अर्थिन आ जाया युवते पतिम्।
तुंजाते वृष्णयं पयः परिदाय रसं दुहे वित्तं मे अस्य रोदसी।

मो षु देवा अदः स्व रव पादि दिवस्परि।
मा सोस्यस्य शंभुवः शूने भूम कदा चन वित्तं मे अस्य रोदसी।।

यज्ञयं पृछामयवमं स तददूतो वि वोचति।
क्व ऋतं पूर्व नं गतं कस्तद्विभर्ति नूतनों वित्तं मे अस्य रोदसी।।

अमी ये देवाः स्थन तृष्वा रोचने दिवः।
कद्व ऋतं कदनृतं क्व प्रत्ना व आहुतिर्वित्तं मे अस्य रोदसी।।
वद्वं ऋतस्य धर्णसि कद्वरूणस्य चक्षणम्।
कदर्यम्णो महस्पथाति क्रामेम दूढयो वित्तं मे अस्य रोदसी।।

[श्लोक-पाठ के साथ ही प्रकाश होता है और अयोध्या के धर्मगुरु महर्षि वसिष्ठ के आश्रम का दृश्य दिखाई देता है। ऊँचे आसन पर बैठा वशिष्ठ गुरुकुल के विद्यार्थियों को शिक्षा दे रहा है। विद्यार्थियों में अयोध्या का राजकुमार सत्यव्रत भी है।]

वसिष्ठ : प्रिय बालको, यह क्षणभंगुर संसार अपने सतत प्रवाह-चक्र में अजर-अमर है...अर्थात् यह संसार सदैव गतिमान है, कभी भी स्थिर नहीं रहता। जो प्राणी इस जगत में आता है उसकी मृत्यु निश्चित है। किन्तु जो प्राणी इस जीवन में आस्तिक और श्रद्धालु रहे हों, जिन्होंने ब्राह्मणों की सेवा और देवताओं की पूजा-अर्चना की हो, उन्हें मृत्यु के समय कोई कष्ट नहीं होता। इसके विपरीत मोह और अज्ञान में फंसे लोग, जिनके मन वासना और क्रोध से ग्रसित हों, मृत्यु के समय अत्यन्त कष्ट पाते हैं और जो प्राणी इस संसार में अच्छे कर्म करता है वह मरने के बाद स्वर्ग जाता है, और जो बुरे कर्म करता है वह नर्क में जाता है।

सत्यव्रत : गुरुवर, कर्म अच्छा है या बुरा, यह निर्णय कैसे होगा ?

वसिष्ठ : इस बात का निर्णय धर्म ही करेगा राजकुमार सत्यव्रत !

सत्यव्रत : धर्म ! आपका आशय है कि यह निर्णय ईश्वर करता है ?

वसिष्ठ : नहीं राजकुमार, इस संसार में अच्छे या बुरे कर्मों का निर्णय धर्मगुरुओं के हाथ में है।

पहला बालक : गुरुवर ! यह स्वर्ग क्या होता है ?

वसिष्ठ : पुत्र, स्वर्ग वह स्थान है जहाँ पर देवता निवास करते हैं। वहाँ सुख है, शान्ति है। वत्स, वह स्थान बड़ा ही सुन्दर और मोहक है।

दूसरा बालक : जैसे राजकुमार का महल गुरुदेव ?

वसिष्ठ : नहीं पुत्र, उससे भी अधिक सुन्दर ! वहाँ प्रकृति और मनुष्य एक-सुर हैं। वहाँ शान्त नदियाँ बहती हैं। बादल और वृक्ष बातें करते हैं। पुत्र ! स्वर्ग प्रकृति का गीत है। अच्छे कर्म करने वाले ही वहाँ पर पहुँचते हैं।

[विस्माद में....जैसे स्वर्ग का दृश्य उसके सामने हो।]

ब्रह्मा का निवास, ऋषियों का निवास
देवराज इन्द्र और सूर्य का निवास
वेदमयी वृक्षों की छाया वहाँ
रत्नों से जड़े मंडप
गूँजता है ब्रह्म का नाम वहाँ
वेदमयी, अविनाश अग्नि का निवास
प्रकाश ही प्रकाश, प्रकाश ही प्रकाश
बच्चो ! कुछ इस तरह का होता है स्वर्ग !

[शिष्य का प्रवेश]

शिष्य : गुरुवर !...मैं स्मरण दिलाने आया हूँ कि आपको अयोध्या जाना है।

वसिष्ठ : अच्छा बच्चो !...मैं महाराज त्र्यारुण से मिलने अयोध्या जा रहा हूँ। शीघ्र ही लौट आऊँगा। तुम मन लगाकर श्लोक याद करना। *(बच्चे सिर झुकाते हैं। वसिष्ठ आशीर्वाद देता है।)* चिरंजीव रहो !...चिरंजीव रहो !

[आशीर्वाद देकर वसिष्ठ और शिष्य चले जाते हैं। बच्चे एकदम खेलने में मग्न हो जाते हैं।]

पहला बालक : राजकुमार, मृत्यु के बाद तुम स्वर्ग जाओगे ?

सत्यव्रत : और क्या मैं नर्क में जाऊँगा ?

दूसरा बालक : राजकुमार, स्वर्ग तो अयोध्या के राजमहलों से अधिक सुन्दर होगा !

सत्यव्रत : धर्मगुरु ने भी तो यही बताया है।

पहला बालक : लेकिन मुझे तो नर्क ही जाना पड़ेगा।

सत्यव्रत : क्यों ?

पहला बालक : मेरी माँ कहती है कि मैं उसका कहना नहीं मानता। उसे सताता हूँ।

दूसरा बालक : मुझे भी गुरुदेव झिड़कते ही रहते हैं, मुझे भी तो नर्क में ही जाना पड़ेगा।

सत्यव्रत : *(बच्चों वाले जोश में)* तुम चिन्ता न करो। तुम सब मेरे साथ ही स्वर्ग चलोगे। मैं तुम सबको साथ लेकर जाऊँगा।

बालक : *(एक साथ)* वह कैसे ?

सत्यव्रत : हम धर्मगुरु से विनती करेंगे...गुरुवर, हम सब को जीवित स्वर्ग पहुँचा दो !...आओ इसके लिए प्रार्थना करें।

(सभी बच्चे एक साथ मिलकर प्रार्थना करते हैं)

हे धर्मगुरु !
हे धर्मगुरु !
हमें स्वर्ग दो !
हमें स्वर्ग दो !

प्रभु जी !
कोई जुगत लगाओ
खेल और खिलौने
जगह-जगह पर लगाओ
लकड़ी के घोड़े
और हाथी बनवाओ
मैना करती हो चीं-चीं
और तोते बुलवाओ

मस्तकों के लिए चंदन
और सुन्दर वस्त्र दिलाओ
चारों तरफ हो हँसी-खुशी
इसे ऐसे सजाओ

धर्मगुरु
कोई खेल दिखाओ
हम सब के लिए स्वर्ग बनाओ
हे धर्मगुरु !
हे धर्मगुरु !!
हे धर्मगुरु !!!
हे..............!!!!

दृश्य दो

[सूत्रधार मंच पर आता है। उसके साथ ही मालिन और कुछ लड़कियाँ नृत्य करती हुई प्रवेश करती हैं। फूलों की लड़ियाँ बाँधकर वे बाग का वातावरण बनाती हैं।]

सूत्रधार : समय बीतता गया। अयोध्या के राज ने कई वसंत और कई पतझड़ ऋतुएँ देखीं। राजकुमार सत्यव्रत ने वसिष्ठ के आश्रम से शिक्षा समाप्त की और यौवन में कदम रखा। *(मद्धम संगीत के साथ राजकुमार सत्यव्रत का प्रवेश)* सुन्दर और उदार हृदय राजकुमार सत्यव्रत का ब्राह्मण कन्या चित्रलेखा से प्यार हो गया। *(संगीत के साथ चित्रलेखा का प्रवेश)*

[संगीत का स्वर ऊँचा होता है। सत्यव्रत और चित्रलेखा नृत्य करते हुए प्रेम-कल्लोल करते हैं। कोने में सूत्रधार जड़वत खड़ा है। मालिन और लड़कियाँ नृत्य करती हुई गाती हैं।]

लड़कियाँ : चंपा खिले
मालिन री
चंपा कब खिले ?

मालिन : जब कोई प्रेम करे
री लड़कियो
जब कोई प्रेम करे।

[सत्यव्रत और चित्रलेखा नृत्य करते हुए मुद्रा बदलते हैं।]

लड़कियाँ : चंपा महके
मालिन री
चंपा कब महके ?

मालिन : जब नार नवेली आए
मौली मेहँदी कजरा लाए
चंपा महक-महक जाए
चंपा महक-महक जाए।

[सत्यव्रत और चित्रलेखा नृत्य करते हुए मुद्रा बदलते हैं।]

लड़कियाँ : पवन सुगंधित बहे
मालिन री
पवन सुगंधित कब बहे ?

मालिन : जब पिया चित्त चुराए
नयनों से नयन मिलाए
पवन सुगंधित बहती जाए।

[सत्यव्रत और चित्रलेखा नृत्य करते हुए मुद्रा बदलते हैं।]

लड़कियाँ : घटा छाए
मालिन री
घटा कब छाए ?

मालिन : जब पिया अंग छुआए
जन्मों की प्यास बुझती जाए
चारों ओर घटा छा जाए।

[सत्यव्रत और चित्रलेखा नृत्य करते हुए मुद्रा बदलते हैं।]

लड़कियाँ : चाँद चमके
मालिन री
चांद कब चमके ?

मालिन : जब रहे न कोई बन्धन
देह बन जाए चंदन
चाँद चमक चमक जाए।

[मालिन, लड़कियाँ, सूत्रधार गाते हुए जाते हैं। सत्यव्रत और चित्रलेखा बाग की सुन्दरता की ओर निहार रहे हैं, लेकिन चित्रलेखा चिन्ताग्रस्त है।]

सत्यव्रत : चित्रलेखा ! देखो कितने सुन्दर फूल खिले हैं !

[चित्रलेखा चिन्ता में डूबी हुई है, सत्यव्रत उसे फिर बुलाता है, लेकिन वह उत्तर नहीं देती।]

सत्यव्रत : क्या बात है चित्रलेखा, तुम इतनी चिन्तातुर क्यों हो ?

चित्रलेखा : कुमार, बात ही चिन्ता वाली है।

सत्यव्रत : क्यों क्या हुआ ?

चित्रलेखा : पिताजी कल देवपुर गए थे, वहाँ किसी ब्राह्मण लड़के से मेरे विवाह की बात कर आए हैं।

सत्यव्रत : तुम्हें कैसे पता चला ?

चित्रलेखा : मुझे माँ ने बताया।

सत्यव्रत : आश्चर्य ! मेरे साथ विवाह करने में न जाने उन्हें क्यों संकोच है ! मैं क्षत्रिय हूँ...राजकुमार हूँ...महाबली इक्ष्वाकु के कुल में से हूँ। क्षत्रियों और ब्राह्मणों में तो विवाह होते ही रहे हैं। कई राजकुमारियों का विवाह भी ब्राह्मणों से हुआ है।

चित्रलेखा : कुमार, यह बात नहीं ! मैं उन ब्राह्मणों को भी जानती हूँ जिन्होंने शूद्र, वैश्य और आदिवासी युवतियाँ अंगीकार की हैं...किन्तु पिताजी...!

सत्यव्रत : *(बात काटता हुआ)* पिताजी क्या कहते हैं ?

चित्रलेखा : पिताजी का कहना है कि आप मदिरा पीते हैं, मांस खाते हैं। शूद्रों की बस्तियों में जाते हैं। साधारण लोगों की संगति करते हैं !

सत्यव्रत : चित्रलेखा, मैं अयोध्या का युवराज हूँ। मुझे राजकाज सँभालना है, मैं अपने लोगों से मिलता हूँ। क्षत्रिय, ब्राह्मण, वैश्य, शूद्र, नाग, निषाद, गंधर्व, भील...मैं सबसे मिलता हूँ।

चित्रलेखा : राजकुमार, ये बातें छोड़िए, जैसे ही मुहूर्त निकल आया, पिताजी मेरा विवाह कर देंगे।

सत्यव्रत : तुमने माँ से पूरी बात नहीं की ?

चित्रलेखा : घर में सारी बातें हुई हैं। लेकिन पिताजी के सामने सभी विवश हैं। मुझे तो बहुत डर लग रहा है।

सत्यव्रत : डरने की क्या बात है, मेरे ऊपर विश्वास रखो मैं सब सँभाल लूँगा।

[सत्यव्रत और चित्रलेखा आलिंगन में सिमट जाते हैं, सूत्रधार नट और नटनियों के साथ मंच पर आता है।]

सूत्रधार : *(गाता हुआ)*

राजकुमार
करे प्यार
एक ब्राह्मण पुत्री के साथ !

नट व नटनियाँ : *(गायन में नहीं, लयबद्ध पाठ की तरह)*
हैं ! हैं !
क्षत्रिय राजकुमार
और करे प्यार
एक ब्राह्मण पुत्री के साथ !

सूत्रधार : *(गाते हुए)*
सत्यव्रत है राजकुमार
चित्रलेखा है ब्राह्मण नार।

नट : *(गाता है)*
चौड़ा मस्तक, आँखें उज्ज्वल
ठुड्डी पर काला तिल, होंठ उसके रसभरे
यह है राजकुमार का दिल।

नटनियाँ : *(गाती हैं)*
मिलते हैं वे रोज़-रोज़
मिलते हैं वे बार-बार।

सभी एक साथ : *(गाते हैं)*
राजकुमार
करे प्यार
एक ब्राह्मण पुत्री के साथ !
राजकुमार।

[गाते हुए जाते हैं। उनके साथ सत्यव्रत और चित्रलेखा भी जाते हैं।]

दृश्य तीन

[राजमहल। राजकुमार सत्यव्रत कक्ष में टहल रहा है। सुधर्मा हाँफता हुआ 'राजकुमार', 'राजकुमार' पुकारता प्रवेश करता है।]

सत्यव्रत : मित्र सुधर्मा, क्या बात है ?

सुधर्मा : कुमार, कुछ कीजिए ! चित्रलेखा का विवाह हो रहा है।

सत्यव्रत : हें ! यह क्या कह रहे हो ?

सुधर्मा : हाँ कुमार, मुझे राजेन्द्र ने बताया। पहले भागा-भागा मैं उनके घर गया। उसके पिता चुपचाप उसका विवाह कर रहे हैं।

सत्यव्रत : मैंने तो उन्हें संदेशा भेजा था, पता नहीं...क्या बात हुई... उन्होंने कोई उत्तर नहीं दिया। चित्रलेखा ने भी कोई संदेशा नहीं भेजा।

सुधर्मा : संदेशा कैसे भेजती ? चित्रलेखा को तो उन्होंने कई दिनों से घर से बाहर निकलने नहीं दिया।

सत्यव्रत : मित्र सुधर्मा ! मैं यह विवाह नहीं होने दूँगा चित्रलेखा मेरी है और मेरी ही रहेगी !

सुधर्मा : मित्र, यह बातों का समय नहीं है। बारात ब्राह्मण के द्वार पर खड़ी है।

सत्यव्रत : चलो, मैं देखता हूँ, कैसे होता है यह विवाह... !

[सुधर्मा के साथ जाता है।]

दृश्य चार

[लड़ती-झगड़ती और आपस में गाली-गलौच करती दो कुटनियों का प्रवेश। उन्होंने जरूरत से ज्यादा शृंगार किया हुआ है। आँखों में खिंची काजल की भारी रेखाएँ बालों तक जाती हैं। उनके बातचीत के हाव-भाव में विशेष प्रकार

की चटक, चालाकी और तेजी है। वे जैसे एक-दूसरे की पूरक हों। सच और झूठ, गप्प और अफवाहों, यथार्थ और भ्रमों की चाशनी तैयार करना और फिर चटखारे ले-लेकर बातचीत करना, नई कहानियाँ गढ़ना और उन्हें नगर में फैलाना उनका एकमात्र काम है।]

पहली कुटनी : देख दुनिया की चतुराई अरी !
हो गई और की और अरी !

दूसरी कुटनी : अरी, क्या हुआ ?
क्या ऊपर की नीचे हो गई ?
कहाँ बिल्ली छींक गई ?
हवा क्यों रुक गई ?

पहली : अरी...क्या बात करूँ ?

दूसरी : अरी...तू आग जला मैं ईंधन धरूँ !

पहली : अरी...यह जो कुमार है !
इसे ब्राह्मण कन्या से प्यार है !

दूसरी : यह तो बात पुरानी है
दुनिया में कहानी है !

पहली : अब कुछ होने वाला है।

दूसरी : किन्तु क्यों...यों...यों... ?

पहली : अरी इसी समय !

दूसरी : हाँ इसी समय !

पहली : ब्राह्मण कन्या विवाह की वेदी पर बैठी है !

दूसरी : अरी...बैठी नहीं, बिठाई गई है !

पहली : सुगंधित मेहँदी लगाई गई है !

दूसरी : दुल्हन बनाई गई है !

पहली : ब्याहने के लिए बारात आई है !

दूसरी : तो फिर...र...र !

पहली : फिर...!

दूसरी : हाँ फिर...?...?

पहली : पंडित मंत्रोच्चार करेगा !

दूसरी : पिता अच्छत छिड़केगा !

पहली : माँ सुहाग गाएगी !

दूसरी : लड़की ब्याही जाएगी !

पहली : फिर कुमार क्या करेगा ?

दूसरी : रोएगा, चीखेगा, आहें भरेगा !

पहली : जैसे दूसरे लोग करते हैं...
हाँ, क्या वह भी वैसे ही करेगा ?

दूसरी : लो बताओ...और क्या करेगा ?
क्या समय को बाँध सकेगा ?

पहली : चल छोड़ री, फिर क्या है !
अपने वक्त पर हर कोई करता !

दूसरी : अरी, क्या तू बात है करती !
हमने तो कभी कुछ नहीं किया !
बड़ों की बातें मानीं और सब्र का घूँट पिया !

पहली : छोड़ री कुटनी ! कहाँ से तू कम है !
याद तो कर पिछली बातें !

दूसरी : अरी, क्या याद करूँ ?

पहली : अरी, मुझे सब पता है !

दूसरी : अरी, बोल क्या पता है !

पहली : अरी, तूने कुजात से यारी लगाई।

दूसरी : न रे मैं तो भले घर की जाई !

पहली : अरी यह मुँह और मसूर की दाल !

दूसरी : अरी चुप रह
भले घर की जाई हूँ
जहाँ माँ-बाप ने कहा वहीं गई ब्याही हूँ
बड़े घर परनाई हूँ !

पहली : अरी काहे की परनाई ?
क्या सुनाती बात !
तूने तो दिन न देखी रात !
यार के दर से जा चिपकती
गली-गली चलती थी तेरी बात !

दूसरी : अरी चुप रह

मुँह मेरा न खुलवा
तेरा किस्सा सबको है पता !

पहली : न री न !
मैंने कभी चूँ न की
जहाँ कहा माँ-बाप ने, वहीं शीश झुकाया
वहीं ब्याह करवाया !

दूसरी : और ब्याह के बाद ?

पहली : चुप रह री चुड़ैल !

दूसरी : अब सुन ही ले सुनाती हूँ !

पहली : चुप रह री ! तू चुप रह री !

दूसरी : ब्याह के बाद इश्क के कारे !
लिए स्वाद तूने करारे !

पहली : चुप रह री मैं तेरे वंश को जानूँ !
तेरे घर की बिगड़ी नारियाँ
हर नारी की नब्ज मैं पहचानूँ !

दूसरी : अरी, तेरा मुँह मैं तोड़ दूँगी !

पहली : अरी, मैं भी वैसा बदला लूँगी !

दूसरी : तेरी हड्डियों का मैं सुरमा बनाऊँ !

पहली : तुझे मैं चूल्हे में झुलसाऊँ !

दूसरी : री तू अपनी जबान सँभाल !

पहली : कर दूँगी मैं बुरा हाल !
पर...र...र...!

दूसरी : पर क्या...?...?

पहली : अरी, तू और मैं ! फिर भी बहनें !

दूसरी : हाँ री हाँ ! मैं और तू फिर भी बहनें !

[दोनों कुटिल ढंग से आलिंगनबद्ध होती हैं और फिर पहली एक दिशा की ओर और दूसरी उसके विपरीत दिशा में जाती है। थोड़ा-सा चलकर मुड़ती हैं। एक-दूसरे की ओर देखती और कुटिल हँसी हँसती हैं। फिर पलटकर एक-दूसरे से टकराती हुई गुजरती हैं और थोड़ा दूर जाकर फिर बोलती हैं।]

पहली : अरी, कल फिर यहाँ आना तुम ?

दूसरी : नई बात सुनाना तुम !

पहली : बात में जरा मसाला हो !

दूसरी : मसाला हो, खटाई हो !

पहली : लड़की किसी ने फँसाई हो !

दूसरी : पराए घर से उठाई हो !

पहली : और फिर...?

दूसरी : फिर...र ...र ...!

पहली : तू अपने रस्ते !

दूसरी : मैं अपने रस्ते !

[फिर एक-दूसरे से टकराती और पलटकर बोलती हैं]

पहली : और फिर...?

दूसरी : तू अपने घर !

पहली : मैं अपने घर !

[कुटिल इंगित करतीं नृत्यमयी मुद्रा में चलती हुई मंच के कोनों पर जाकर जड़वत हो जाती हैं।]

दृश्य पाँच

[मंच पर रोशनी होने के साथ ही सत्यव्रत और चित्रलेखा दिखाई देते हैं। सत्यव्रत विवाह के कपड़ों में सजी चित्रलेखा को सँभाले हुए है। वह बहुत सहमी हुई है।]

चित्रलेखा : कुमार, मुझे लगता है, यह सब ठीक नहीं हुआ !

सत्यव्रत : और कोई चारा भी तो नहीं था। तुम प्रसन्न नहीं हो ?

चित्रलेखा : मैं बहुत प्रसन्न हूँ आर्यपुत्र !...लेकिन लोग क्या कहेंगे ? देखा नहीं, ब्राह्मणों ने कैसे आपको घेर लिया था ! वे जरूर कोई षड्यन्त्र करेंगे !

सत्यव्रत : तुम चिन्ता न करो, जो होगा देखा जाएगा !

चित्रलेखा : मेरी तो डर से जान निकली जा रही है। आपके पिताजी... कुमार क्या वे मुझे स्वीकार कर लेंगे ?

सत्यव्रत : डरो मत पिय ! चलो राजमहल चलते हैं और पिताजी से आशीर्वाद लेते हैं। पिताजी से मैं बात करूँगा !

[सत्यव्रत और चित्रलेखा राजमहल की ओर जाते हैं। उनके चलने के साथ ही कोने में जड़वत खड़ी कुटनियाँ एकदम हरकत में आ जाती हैं। लगभग गाने की मुद्रा में बातचीत शुरू करती हैं।]

पहली कुटनी : अरी ब्याह कर लाया है !

दूसरी कुटनी : अरी उठा कर लाया है !

पहली : अरी उठा लाया है !

दूसरी : अरी ब्याह लाया है !

[कुछ और स्त्रियों का प्रवेश, कुटनियाँ गाती हैं और स्त्रियाँ पीछे-पीछे दोहराती हैं।]

कुटनियाँ : अरी क्या कर्म कमाया ?

स्त्रियाँ : अरी क्या कर्म कमाया ?

कुटनियाँ : अरी ब्याह लाया !

स्त्रियाँ : अरी ब्याह लाया !

कुटनियाँ : या उठा लाया है ?

स्त्रियाँ : उठा लाया है ?

कुटनियाँ : भगा लाया है !

स्त्रियाँ : भगा लाया है !

कुटनियाँ और स्त्रियाँ एक साथ : भगा लाया है, भगा लाया है !... !

[यह माईम इस प्रकार का है मानो कुटनियाँ और स्त्रियाँ पूरा संसार हो और संसार सत्यव्रत और चित्रलेखा पर आरोप लगा रहा हो और वह उसे सहन करते हुए राजमहल की ओर जा रहे हों !]

दृश्य छह

[अयोध्या का राजमहल। अयोध्या का राजा और राजकुमार सत्यव्रत का पिता त्र्यारुण, अयोध्या का एक मंत्री, सत्यव्रत और चित्रलेखा भी वहाँ पर हैं। त्र्यारुण बहुत क्रोध में हैं।]

त्र्यारुण : यह क्या मूर्खता की सत्यव्रत ? तुम्हें लज्जा नहीं आई ? नगर के सभी ब्राह्मण मेरे पास आए थे। मुझे उनके सामने लज्जित होना पड़ा।

सत्यव्रत : पिताजी, क्षमा करना ! सारा दोष चित्रलेखा के पिता का है। मैंने उन्हें संदेश भेजा था, विनती भी की थी परन्तु वे तो अन्याय करने पर तुले हुए थे।

त्र्यारुण : अन्याय कैसा ? वह चित्रलेखा के पिता हैं। उन्हें पूरा अधिकार है कि अपनी पुत्री का विवाह जहाँ चाहें, वहाँ करें...और तुम...क्या तुम यह समझते हो कि मैं उठाकर लाई गई युवती को राजवधू बना लूँगा ?

सत्यव्रत : परन्तु पिता महाराज, ऐसा तो होता आया है ! हमारे पुरखे भी तो ऐसा करते रहे हैं।

त्र्यारुण : हाँ करते रहे हैं, साथ के राज्यों की राजकुमारियाँ जीतकर लाते रहे हैं...अपने बाहुबल से...अपनी शक्ति से...! परन्तु किसी ने भी तुम्हारी तरह नहीं किया था। अपने ही राज्य की ब्राह्मण पुत्री को विवाह के मंडप से उठा लाने का क्या अधिकार है तुम्हें !...

सत्यव्रत : पिताजी ! यह पूरा सत्य नहीं है !

त्र्यारुण : *(और क्रोध में)* तो फिर सच क्या है...? प्रजा के आत्मसम्मान पर हाथ डालना युवराज को शोभा नहीं देता ! जो तुमने किया है सत्यव्रत, मुझे तो उसके बारे में सोचकर लज्जा आती है।

मंत्री : महाराज, क्रोध को वश में रखें। युवराज को क्षमा कर दें, कुछ दिनों में बात स्वयं ही समाप्त हो जाएगी।

त्र्यारुण : नहीं ! यह नहीं हो सकता। युवराज होने से अन्याय न्याय नहीं हो जाता ! पाप पुण्य नहीं बन जाता ! साथ ही मैं

तो ब्राह्मणों और अन्य लोगों से कह चुका हूँ कि इस बात का निर्णय खुली सभा में होगा। धमगुरु वसिष्ठ इसका निर्णय करेंगे।

मंत्री : *(हिचकिचाता हुआ)* महाराज, मेरे मन में कुछ शंका है।

त्र्यारुण : कहो क्या शंका है ?

मंत्री : महाराज, युवराज को राजगुरु के सामने अपराधी बनाकर खड़ा करना उचित नहीं होगा !

त्र्यारुण : नहीं, मैं वचन दे चुका हूँ, इस बात का निर्णय धर्मसभा में ही होगा !

मंत्री : *(सिर झुकाता हुआ)* जो आदेश, महाराज !

[मंत्री जाता है]

दृश्य सात

[अयोध्या का चौराहा। कुछ लोग खड़े होकर बातें कर रहे हैं। कुछ आ-जा रहे हैं। दो राजकर्मचारी नगाड़े पर चोट करते हुए घोषणा कर रहे हैं !]

राजकर्मचारी : सुनो...! सुनो...!! सुनो...!!! अयोध्या के नगरवासियो, सुनो ! महाराज त्र्यारुण का संदेश सुनो ! इस नगर के वासी सोमशर्मा का आरोप है कि राजकुमार सत्यव्रत ने उसकी बेटी चित्रलेखा को विवाह के मंडप से उठा लिया है। महाराज त्र्यारुण का आदेश है कि इस बात का निर्णय करने के लिए धर्मसभा बुलाई जाए। कल इस सभा में राजकुमार सत्यव्रत को धर्मगुरु वसिष्ठ के सामने प्रस्तुत किया जाएगा। सुनो...! सुनो...!! सुनो...!!!

[राजकर्मचारी घोषणा करते हुए जाते हैं !]

दृश्य आठ

[खुला मैदान। बीच में सभा मंच है। वहाँ एकत्रित हर प्रकार के लोग आपस में बातें कर रहे हैं। सत्यव्रत और सुधर्मा भी वहीं हैं। निम्न वर्ग के दो लोग घुटने टेककर दीन भावना से प्रार्थना करते हैं !]

प्रार्थना : हे धर्मगुरु !
हे धर्मगुरु !!
हे...............!!!

कहाँ खत्म होगी कहानी
आपने जो की शुरू ?
हे धर्मगुरु !
हे धर्मगुरु !!
हे ....!!!

[प्रार्थना जैसे समाप्त हो रही हो...परन्तु फिर आवाज ऊँची उठती है।]

बना है धर्म आदमी के लिए
या आदमी धर्म के लिए ?

कौन-सा मार्ग झूठ का
कौन-सा मार्ग सच का ?
कौन देगा ऐसे उत्तर
सच झूठ जो आए निखर।
हे धर्मगुरु !
हे ....!!

[एक पल की चुप्पी के बाद चेहरों के भावों से स्पष्ट होता है कि इन प्रश्नों के उत्तर यहाँ खड़े लोगों में से कोई नहीं दे सकता। प्रार्थना फिर शुरू हो जाती है।]

प्रार्थना : कौन निखारे
कहाँ जाएँ ?

पाप और पुण्य की
बात उठाएँ
झूठ और सच की
कलह मिटाएँ
डर और भय से
मुक्ति पाएँ।
मुक्ति पाएँ
मुक्ति पाएँ
हे धर्मगुरु !
हे धर्मगुरु !!

दुविधा, चिन्ता
बहुत सताए
शंकाओं में रैन बिताए
जीवन में
कई पाप कमाए
कलह मिटाने
दर पर आए

आज करो निपटारा
बात मिटाएँ
बात मिटाएँ
हे धर्मगुरु !
हे धर्मगुरु !!
हे धर्मगुरु !!!

[अत्यन्त दीन भाव में प्रार्थना का अन्त होता है। मंच के पिछली ओर से वसिष्ठ के शिष्यों और ब्राह्मणों की दीवार की दीवार मंच पर आती है। यह ब्राह्मणवाद की दीवार है। ब्राह्मण और शिष्य बड़े आवेश से श्लोकों का उच्चारण करते हुए आगे बढ़ते हैं।]

शिष्य : *(गाते हैं)*
धर्म सृष्टि का मूल, धर्म जीवन का साज

यही ज्ञान की लौ, रखे दुनिया की लाज
शान्ति दे, मोक्ष दे, यह मुक्ति द्वार
यही घर ऋद्धियों-सिद्धियों का, यही योग का सार।

कर्म को दे दिशा, यही है नित्य गति का भेद !
इसके रंग हजारों, इसकी सतहें अनेक !
धर्म सहारा सबका, यही है सबकी ओट
करे यह दूर अँधेरा, लट-लट जगती जोत !

यदि न होगा धर्म तो कहाँ जाएँगे ?
माथा टेकेंगे कहाँ, कहाँ पाप क्षमा करवाएँगे ?

जब कुछ नहीं था धर्म तब भी था
धर्म ही आदि, धर्म ही जुगादि, नित्य रहेगा यह।

[आखिरी श्लोक दोहराया जाता है। ब्राह्मणों और शिष्यों की दीवार मंच पर बैठ जाती है। मुख्य शिष्य दीवार से आगे आता है और आदेश देता है।]

मुख्य शिष्य : धर्मगुरु की वंदना हो !

[ब्राह्मणों और शिष्यों की दीवार फिर उठती है और वंदना करती है।]

ब्राह्मण और शिष्य : सर्वपूरक गुरु, गुरु दुर्लभ।।
विश्वबीजम् गुरु, गुरु आरम्भ।।
जगत गुरु, स्रष्टा गुरु, गुरु विश्वंभर।।
गुरु ही धरती, गुरु ही अंबर।।
अपराजित गुरु, गुरु ऋषिकेश।।
गुरु ही मार्ग, गुरु ही आदेश।।
गुरु ही मार्ग, गुरु ही आदेश ! !

[इन श्लोकों के साथ लोगों में धार्मिक उत्साह और आतंक के मिले-जुले भाव पैदा होते हैं। शिष्यों और ब्राह्मणों की दीवार सिमटकर सभा मंच के पास चली जाती है। श्लोकों के उच्चारण के साथ ही धर्मगुरु वसिष्ठ का कुछ और शिष्यों के साथ प्रवेश। शंख बजते हैं। धर्मगुरु और शिष्यों

की चाल से ऐसा लगता है कि जैसे मंच पर शक्ति की बाढ़ आ गई हो। धर्मगुरु के चेहरे पर तेज है, शक्ति का तेज है और अन्तरतम शान्ति है। उनके पास आने पर सभा में सन्नाटा छा जाता है। वह सभा मंच पर खड़े होकर लोगों से सम्बन्धित होता है। उसके बोलने में विशेष प्रकार का आत्मविश्वास है। ऐसा आत्मविश्वास उस मनुष्य की वाणी में होता है जिसे विश्वास हो कि जो वह बोल रहा है वही सत्य है और उसके आगे इस संसार में और कोई सत्य नहीं है।]

वसिष्ठ : धर्म वह है जिसकी व्याख्या प्राचीन ग्रन्थों में है। वेदों और धर्मशास्त्रों में है। धर्म ब्राह्मण का शब्द है। जो मनुष्य इसका पालन करता है, वह पुण्य का भागी होता है। उसे पारब्रह्म परमात्मा और स्वर्ग की प्राप्ति होती है। धर्म और चिंतन करना ब्राह्मण का कर्म है। क्षत्रिय का धर्म है प्रजा की रक्षा करे। व्यापार, खेती और पशुपालन वैश्य का धर्म है। शूद्र का काम है, वह सबकी सेवा करे !...धर्म सूर्य के प्रकाश की तरह प्रकाशमान है...धर्म निर्मल धारा है।

[वसिष्ठ का मुख्य शिष्य जो सभा मंच के निकट ही खड़ा है, जयकारा लगाता है, धर्मगुरु वसिष्ठ की..., उत्तर में लोग...जय,...कहकर जय-जयकार करते हैं।]

मुख्य शिष्य : धर्मगुरु ! राजकुमार सत्यव्रत पर लगे दोष को सुनने के लिए यह सभा बुलाई गई है।

वसिष्ठ : क्या राजकुमार सत्यव्रत उपस्थित हैं ?

सत्यव्रत : *(सामने आकर)* प्रणाम धर्मगुरु !

[वसिष्ठ सिर हिलाकर प्रणाम स्वीकार करता है। अब सत्यव्रत भीड़ से हटकर एक दोषी की तरह खड़ा है।]

मुख्य शिष्य : धर्मगुरु राजकुमार सत्यव्रत पर आरोप है कि उन्होंने ब्राह्मण कन्या चित्रलेखा का अपहरण किया है। वेद मंत्र और अग्नि के समक्ष हो रहे विवाह की पवित्रता को भंग किया है। ब्राह्मण और उसके संबंधियों का अपमान किया है।

वसिष्ठ : राजकुमार सत्यव्रत ! आपका क्या कहना है। क्या यह बात सत्य है ?

सत्यव्रत : कदाचित नहीं, धर्मगुरु ! चित्रलेखा इस नगरी की कन्या है। मैं उसे बचपन से जानता हूँ, प्यार करता हूँ। इस बात का उसके पिता को पता था। मैंने उन्हें संदेश भेजा और विवाह का प्रस्ताव रखा। लेकिन वे नहीं माने। पहले उन्होंने चित्रलेखा का घर से निकलना बन्द किया और फिर चुपचाप उसके विवाह का प्रबन्ध। मुझे तो तभी पता चला, जब उसे विवाह मंडप में बिठाया जा रहा था।

वसिष्ठ : इसका अर्थ यह हुआ कि आप यह स्वीकार करते हैं कि आप ब्रह्मण कन्या को विवाह मंडप से उठाकर लाए हैं।

सत्यव्रत : हाँ धर्मगुरु ! उठाकर भी लाया हूँ और चित्रलेखा स्वेच्छा से भी आई। यदि विवाह संपन्न हो जाता तो संभव था कि वह आत्महत्या कर लेती। यह विवाह उसकी इच्छा के विरुद्ध था।

वसिष्ठ : धर्म किसी कन्या को आत्मनिर्णय का अधिकार नहीं देता, यह अधिकार उसके पिता को है।

सत्यव्रत : परन्तु गुरुवर ! पुरातन काल में तो ऐसा नहीं होता था। कुमारी लड़कियाँ स्वयं अपने वर चुनती थीं। राजकुमारियों के लिए तो अब भी स्वयंवर की प्रथा है।

वसिष्ठ : राजकुमार, समय और स्थितियाँ बदलती रहती हैं। अब हमारे समाज में वर्ग हैं, श्रेणियाँ हैं, जातियाँ हैं। इनका समाज में अलग-अलग स्थान है। अलग-अलग नियम हैं। यह नियम धर्म ही निश्चित करता है। चित्रलेखा ब्राह्मण कन्या है, राजकुमारी नहीं।

सत्यव्रत : किन्तु धर्मगुरु ! यह तो अन्याय है।

वसिष्ठ : अन्याय यह नहीं, अन्याय वह है जो आपने किया है। अन्याय वह है जो धर्म के विरुद्ध है। आप नहीं जानते ब्राह्मण का अपमान करना, उसकी कन्या उठा लाना...घोर अपराध है।

सत्यव्रत : नहीं गुरुवर ! मैं अपराधी नहीं हूँ। मैंने तो अपने और चित्रलेखा के अधिकारों की रक्षा की है।

वसिष्ठ : *(कुपित होकर)* अधिकार !...धर्म के बाहर इस जगत में कोई अधिकार नहीं है। धर्म के बिना अधिकार का अस्तित्व ही नहीं होता।

सत्यव्रत : क्षमा करें गुरुवर, इसका तो अर्थ यह हुआ कि हमारा प्रेम, हमारी इच्छा, इसका कोई अर्थ नहीं ?

वसिष्ठ : धर्म से बाहर हर इच्छा भ्रम है, छलावा है ! धर्म मनुष्य की इच्छाओं और कामनाओं को दिशा देता है। समाज को राह दिखाता है। समाज में आदर्शों की स्थापना करता है...और उनकी रक्षा करता है। इसलिए जो तर्क आप दे रहे हैं, राजकुमार सत्यव्रत, वह व्यर्थ है। आप अपने किए पर पश्चाताप करने के बजाय उसे उचित ठहरा रहे हैं !

सत्यव्रत : धर्मगुरु ! मैं फिर कहता हूँ, मैंने जो कुछ किया वह उस स्थिति में उचित था। मुझे पता है...मैं युवराज हूँ, क्षत्रिय हूँ। समाज में मेरा स्थान है और साथ ही मैं यह भी जानता हूँ कि मैं और चित्रलेखा परस्पर प्यार करते हैं...और जो मैंने किया वैसा करके ही मैं अपना सिर ऊँचा रख सकता था।

वसिष्ठ : तो आप मानते हैं कि अपनी इच्छाओं की पूर्ति आपने बलपूर्वक की ?

सत्यव्रत : मेरे सामने और कोई मार्ग नहीं था, गुरुवर !

वसिष्ठ : *(अत्यन्त क्रोध में)* सत्यव्रत बुरी संगति ने आपके विचार दूषित कर दिए हैं।...पहले आपने अपने पिता के आदेशों का उल्लंघन किया।...अब आप मेरे सामने बोलने का साहस कर रहे हैं !...अपने गुरु के सामने ! अपने कुकर्मों को उचित ठहरा रहे हैं, और धर्म द्वारा स्थापित नैतिकता को तुच्छ समझते हैं ! वाह !...मैं सुनता रहा हूँ कि आप नीच लोगों के साथ रह रहे हैं, मद्यपान करते हैं, नीच स्त्रियों की संगति करते हैं, शूद्रों के घरों में जाते हैं ! आज की बातचीत इस बात का प्रमाण है कि आपकी धर्म में कोई आस्था नहीं है। आपकी बुद्धि भ्रष्ट हो चुकी है। धर्म के

नियमों के अनुसार आप कड़े से कड़े दंड के भागी हैं। *(थोड़ा रुककर)* इस धर्मसभा का अध्यक्ष होने के नाते मेरा यह निर्णय है कि...आज से आपको राजकीय अधिकारों से वंचित किया जाता है। अब से आपको युवराज नहीं कहा जाएगा ! आप नगर के बाहर जंगलों में रहेंगे...! *(सत्यव्रत और लोगों के चेहरों पर दुःख, संताप और भय के भाव उभरते हैं।)*...यदि आपको युवराज पद पुनः प्राप्त करना है तो स्वयं को सुधारना होगा ! पश्चाताप करना होगा। ब्राह्मणों का आदर और धर्म का पालन करना होगा।

[निर्णय सुनाकर वसिष्ठ अपना हाथ खड़ा करता है। सभी अपने-अपने स्थानों पर जड़वत हो जाते हैं। एक पल सन्नाटा रहता है फिर ब्राह्मण और शिष्य दीवार की तरह मंच पर फैल जाते हैं।]

ब्राह्मण और शिष्य : धर्म के सामने
सिर जो उठाएँगे
मिट जाएँगे
मिट जाएँगे
मूल सृष्टि का धर्म
कैसे इसे मिटाएँगे ?
कैसे इसे मिटाएँगे ?

(दोहराते हैं)

धर्म रहा है
धर्म रहेगा
युग आएँगे
युग जाएँगे
धर्म रहा है
धर्म रहेगा
युग आएँगे

युग जाएँगे
धर्म रहा है
धर्म रहेगा
धर्म...!!!

(दोहराते हैं)

[इस श्लोक के गायन के साथ ही वसिष्ठ अपने एक-दो शिष्यों के साथ चला जाता है। श्लोक की अंतिम पंक्ति के गायन के साथ ही शिष्यों तथा ब्राह्मणों की दीवार सिमटती जाती है और मंच से बाहर चली जाती है । लोगों की खुसर-फुसर से, 'अन्याय है, अन्याय है,...' की प्रतिध्वनियाँ उभरती हैं, लेकिन इनकी गूँज हल्की और कमजोर है। सहमे हुए लोगों के चेहरों पर मजबूरी और इस निर्णय को स्वीकार करने के सिवाय और कोई चारा न होने की बेचारगी प्रत्यक्ष झलकती है। वे इन मिलेजुले भावों से सत्यव्रत को देखते हुए प्रेक्षागृह से बाहर जा रहे हैं। सत्यव्रत की मुखमुद्रा ऐसी है जैसी अकेले रह गए व्यक्ति की होती है।]

दृश्य नौ

[धर्मसभा वाला मैदान। सभी लोग जा चुके हैं। सत्यव्रत अकेला खड़ा स्वयं से बातें कर रहा है।]

सत्यव्रत : थोड़ी देर पहले यहाँ कितना शोर था। हिंसा से भरा प्रचंड शोर ! अब यह स्थान कितना चुप हो गया है...कितना शान्त।...चित्रलेखा अभी तक नहीं आई...परन्तु मेरे मन को क्या हो रहा है...? एक ओर नगर और महल छोड़कर जाने का दुःख...पिता और धर्मगुरु के आदेशों को न मान सकने का दुःख...मित्रों और अपनी प्रजा से दूर जाने का दुःख...! दूसरी ओर चित्रलेखा को पा लेने की खुशी ! प्राप्ति की

खुशी ?...इस हवा में उदासी भी है और शान्ति भी ! परन्तु मैं शान्त हूँ कि अशान्त ? प्रसन्न हूँ या दुखी ?...यह कौन बता सकता है ? ऐसा क्यों होता हे भगवान ?...ऐसा क्यों होता है ?...महर्षि वसिष्ठ जैसे धर्म ज्ञानी, धर्म के ज्ञाता होते हुए भी धर्म की रक्षा नहीं कर सकते ?...यह कैसी माया है भगवान...? कितने उलझे हैं जीवन के तंतु !...शायद इन्हें खोजने के लिए ऋषि जंगलों में जाकर तपस्या करते हैं। परन्तु इनका समाधान वहाँ जाकर कैसे मिलेगा ? इनका समाधान तो यहीं कहीं है !...हाँ, यहीं कहीं !...मेरे आसपास... परन्तु कहाँ है ?...कहाँ है ?

[हाथ में कपड़े की गठरी लेकर चित्रलेखा आती है। उसके चेहरे पर ऐसे भाव हैं जैसे किसी लंबी यात्रा पर जाने को तैयार हो।]

चित्रलेखा : चलो कुमार !

रसत्यव्रत : हाँ चलो चलें...परन्तु यह क्या लाई हो ?

चित्रलेखा : अपनी किसी सखी से कुछ वस्त्र लाई हूँ, किन्तु कुमार हम जाएँगे कहाँ ?

सत्यव्रत : तुम चलो तो सही। अब तो वहीं जाएँगे जहाँ हमारा भाग्य ले जाएगा। इस नगर से बाहर कहीं तो जगह मिलेगी !

[दोनों चल पड़ते हैं। वातावरण में उदासी है। पृष्ठभूमि में गीत के बोल उभरते हैं।]

राजा बिना धर्म बिना
कौन तुम्हारा मीत ?
बंधु, कौन तुम्हारा मीत ?
कौन तुम्हारा...........?

राजा हों तो राज कमाएँ
शक्ति हो तो आदेश चलाएँ,
राजमहल भी झुक-झुक जाए
सैनिक भी रुक-रुक जाए

राज बिना कोई न पूछे
कोई न होवे मीत
बंधु कोई न होवे मीत...।
बंधु......................

[पद की पंक्तियों के अनुसार दृश्य बदलते रहते हैं : सैनिक झुकते हैं, नमन करते दिखाई देते हैं। यह राजसत्ता और शक्ति का कोलाज है। गायन जारी रहता है।]

धर्म बताए ज्ञान की राह
शान्ति और ध्यान की राह
धर्म हो तो सुधरे परलोक
यह जीवन, यह सुधरे लोक

इसके बिना भवसागर से
नाव न जाए पार
बंधु, कौन तुम्हारा मीत रे ?
कौन तुम्हारा...!....!

[इस पद के मध्य रोशनी के घेरे में धर्मगुरु शिष्य और अन्य धार्मिक व्यक्ति दिखाई देते हैं। उनके चेहरे पर परलोक सुधर जाने की संतुष्टि है। यह धार्मिक सत्ता का कोलाज है। गायन जारी रहता है।]

राज बिना, धर्म बिना
बन्धु कौन तुम्हारा मीत ? कौन तुम्हारा मीत ?
कौन-कौन तुम्हारा मीत ?
न तू राजा न तू योगी
बंधु कौन तुम्हारा मीत ?
बंधु...कौन तुम्हारा मीत ?

अंक : दो

दृश्य एक

[अयोध्या का चौराहा। लोग खड़े बातें कर रहे हैं। वे साधारण लोग हैं। उनके मुख पर बेबसी और बेचारगी झलकती है। एक ओर से सूत्रधार और दूसरी ओर से धर्मगुरु वसिष्ठ के शिष्यों का प्रवेश।]

सूत्रधार : सत्यव्रत के नगर छोड़ जाने के बाद महाराज त्र्यारुण को पुत्र वियोग का अनुभव हुआ। उदासी ने आ घेरा। मन में वैराग्य आया और एक दिन राज्य का सारा कामकाज महर्षि वसिष्ठ को सौंपकर वे तप करने वनों में चले गए और उसके बाद...!

शिष्यों की टोली : *(आते हैं)*

धर्मगुरु हुए हैं राजा
धर्म की हुई जय-जयकार
लौ निष्ठा की है चारों ओर
झूठ की हुई है हार।

[इसी दौरान भगवे वस्त्रधारी लोगों का धार्मिक जुलूस मंच से गुजरता है।]

चारों ओर नाद धर्म का
शीश धर्म का हुआ है ऊँचा।
पावन हुई हमारी धरती
तन-मन हुआ है सच्चा।

[इसी दौरान धार्मिक झंडे और निशान मंच पर लाए जाते हैं। धार्मिक निशानों और झंडों को उठाए शिष्य मंच पर दीवार की तरह फैल जाते हैं। समूह गान चलता रहता है।

अब शिष्य सभी को संबोधित करते हैं।]

आई जीवन की प्रभात
हुआ धर्म का प्रकाश ऐ लोगो !
माथों पर आस्था का तेज
मन में धर्म का उजास ऐ लोगो !

ऊँचे लम्बे वृक्ष धर्म के
धर्म की गहरी छाया लोगो !
इस छाया में आकर बैठो
यह प्रभु की माया लोगो !

[सूत्रधार और शिष्यों की टोली गाती हुई बाहर चली जाती है। धार्मिक झंडे और निशान भी मंच से बाहर जाते हैं।]

पहला व्यक्ति : देख लो समय कैसे बदल जाता है ! अब चारों ओर धर्म का नाम है। हर काम धर्म के नाम पर होता है। कुछ भी धर्म के बाहर नहीं।

दूसरा व्यक्ति : यह सब कुछ धर्म के नाम पर हो रहा है, क्या यही धर्म है ?

पहला व्यक्ति : तुम्हारा आशय क्या है ?

दूसरा व्यक्ति : मेरा आशय है, भई, हर काम से पहले ब्राह्मणों से अनुमति लो। बात-बात पर दान दो। दक्षिणा दो। क्या यही धर्म है ?

तीसरा व्यक्ति : दान-दक्षिणा ही नहीं, उन्हें प्रसन्न रखो ! उनकी सेवा करो ! पूजा करो !

पहला व्यक्ति : इसमें शंका करने वाली कौन-सी बात है ?

दूसरा व्यक्ति : शंका है ! मुझे तो बहुत शंका है।

तीसरा व्यक्ति : शंका तो मुझे भी है।

चौथा व्यक्ति : फिर इस बात का निर्णय कौन करेगा ?

पहला व्यक्ति : अब तो सभी निर्णय धर्मगुरु ही करते हैं।

दूसरा व्यक्ति : *(व्यंग्य से)* हाँ-हाँ, अब तो वही सब कुछ हैं। पहले राजकुमार सत्यव्रत को नगर से निकाला और फिर महाराज त्र्यारुण

वन को चले गए।

पहला व्यक्ति : तुम्हारी समझ का कुछ पता नहीं चलता। इन दिनों यही बात तो अच्छी हुई है। अब सारा राजकाज धर्मगुरु वसिष्ठ ही देखते हैं।

दूसरा व्यक्ति : देखते हैं तो क्या उन्हें पता नहीं चलता है कि सब लोग भूखे मर रहे हैं। खाने के लिए कौर नहीं। दो वर्ष हो गए खेती नहीं हुई।

तीसरा व्यक्ति : राज्याधिकारी भ्रष्ट हैं, व्यापारियों के भंडार भरे पड़े हैं।

चौथा व्यक्ति : व्यापारियों के ही नहीं, धर्मगुरु के शिष्यों के भी भंडार भरे पड़े हैं।

दूसरा व्यक्ति : यह सब इन लोगों की मिलीभगत का फल है। शिष्य, व्यापारी, राज्याधिकारी—ये सब एक ही थैली के चट्टे-बट्टे हैं।

तीसरा व्यक्ति : पता नहीं कब महाराज त्र्यारुण लौटेंगे ? कब यह सब कुछ सुधरेगा ?

चौथा व्यक्ति : सच कहा है भाई, क्या कभी सूर्य के बिना दिन उगा है, कभी बादलों के बिना वर्षा हुई है, कभी राजा के बिना भी राज चला है।

दूसरा व्यक्ति : पुरखे कहा करते थे कि राजा के बिना राज बाँझ स्त्री की तरह होता है। राजा के बिना परमार्थ नहीं होता, प्रजा की रक्षा नहीं होती।

पहला व्यक्ति : आप बेकार की बहस कर रहे हैं। अब तो हर काम धर्म की नीति के अनुसार होता है।

दूसरा व्यक्ति : आप कमाल करते हैं, भला धर्म की भी कोई नीति होती है ?

पहला व्यक्ति : हाँ होती है।...वह देखो, सुनो राजकर्मचारी क्या कह रहे हैं ?

[संवाद के दौरान दो राजकर्मचारियों का पिछली ओर से प्रवेश। राजकर्मचारी नगाड़े की चोट करते हुए घोषणा करते हैं।]

राजकर्मचारी : *(मुनादी करता हुआ)* सुनो !...सुनो !!...सुनो...!!! अयोध्या

के नगरवासियो, सुनो, धर्म-स्वरूप धर्मगुरु महर्षि वसिष्ठ का आदेश सुनो ! सब नगरवासी इस बात से परिचित हैं कि अब चारों ओर धर्म की सत्ता है। धर्मगुरु का आदेश है कि लोग दृढ़ता से धर्म का पालन करें ! क्षत्रियों के लिए आदेश है कि शस्त्रों के प्रयोग से पहले ब्राह्मणों से शस्त्र पूजा करवाएँ ! इसमें ही उनका हित है। मंत्रोच्चार से ही शस्त्रों में वध करने की शक्ति आती है। क्षत्रियों और वैश्यों के लिए आदेश है कि सारे धार्मिक कार्य पूरी निष्ठा से किए जाएँ ! पितरों की पूजा करवाई जाए और उनकी तृप्ति के लिए तर्पण, पिंडदान तथा ब्राह्मणों को भोजन करवाया जाए ! ब्राह्मणों को उचित दक्षिणा दी जाए ! किसी घर से ब्राह्मण निराश होकर न लौटे ! शूद्रों के लिए आदेश है कि वे अपने ब्राह्मण, क्षत्रिय और वैश्य स्वामी के कथनानुसार काम करें ! आदेशों का उल्लंघन करने वाले को कड़ा दंड दिया जाएगा ! सुनो !...सुनो !!...सुनो...!!!

दूसरा राजकर्मचारी : *(मुनादी करता हुआ)* सुनो !... सुनो !!...सुनो...!!! अयोध्या के नगरवासियो, सुनो, धर्मगुरु वसिष्ठ का विशेष आदेश सुनो ! धर्मगुरु वसिष्ठ का आदेश है कि मंत्र-सिद्ध यज्ञ केवल तीन उच्च वर्गों के लोग ही करवा सकते हैं ! शूद्र केवल मंत्रहीन यज्ञ ही करवा सकता है। शूद्र के लिए धन संग्रह भी मना है। वह और उसका धन उसके स्वामी की संपत्ति हैं। कोई भी शूद्र न तो वेद और न शास्त्र पढ़ सकता है, न ही सुन सकता है। आदेशों का उल्लंघन करने वाले को कड़ा दंड दिया जाएगा ! सुनो !...सुनो !!...सुनो...!!!

[नगाड़े बजाते हुए राजकर्मचारी जाते हैं।]

पहला व्यक्ति : ये आदेश धर्मगुरु के हैं, मुझे तो विश्वास ही नहीं होता !

दूसरा व्यक्ति : क्या पता धर्मगुरु के हैं या राजकर्मचारियों के...या उनके शिष्यों के !

तीसरा व्यक्ति : हमारे लिए किसी के भी हों, हमें तो मानने ही होंगे !

दूसरा व्यक्ति : आदेश से कौन भागता है ! परन्तु ब्राह्मण को भोजन करवाने के लिए घर में अन्न तो हो ।

तीसरा व्यक्ति : हद होती है किसी बात की ! बच्चों के लिए मुँह में देने को अन्न नहीं और हम पितरों की पूजा करते फिरें !

पहला व्यक्ति : वह तो करनी ही पड़ेगी, यदि न की तो नर्कों के भागी तो हम ही बनेंगे।

चौथा व्यक्ति : हमारे लिए तो यहीं नर्क है ! धर्मगुरु हमारी दशा तो देखें !

दूसरा व्यक्ति : क्यों न हम धर्मगुरु के पास चलें और पूरी बात खोलकर बताएँ !

तीसरा व्यक्ति : हाँ ! हाँ ! आओ धर्मगुरु के पास चलें !

['सभी चलो, धर्मगुरु के पास चलो', बोलते हुए जाते हैं। पृष्ठभूमि से गीत के बोल उभरते हैं।]

धर्मगुरु हैं राजा बने
धर्म की जय-जयकार हुई
लौ निष्ठा की है चारों ओर
झूठ की है हार हुई !

दृश्य दो

[लोग वसिष्ठ के आश्रम के बाहर इकट्ठे हो रहे हैं। आश्रम के मुख्य द्वार पर एक शिष्य और राजकर्मचारी खड़े हैं। लोग शिकायत करने के रौ में हैं।]

पहला व्यक्ति : *(शिष्य से सम्बोधित होता हुआ)* ब्राह्मण कुमार ! हम धर्मगुरु से मिलने आए हैं।

शिष्य : धर्मगुरु पूजा कर रहे हैं।

दूसरा व्यक्ति : कृपा करके आप हमें धर्मगुरु से मिला दें।

तीसरा व्यक्ति : हमें केवल विनती करनी है। अपनी दशा बतानी है।

शिष्य : मैंने कहा न...वे पूजा कर रहे हैं। मैं उनकी पूजा में विघ्न

नहीं डाल सकता।

चौथा व्यक्ति : हम प्रतीक्षा कर लेंगे, ब्राह्मण कुमार !

[मुख्य शिष्य आश्रम से बाहर आता है।]

मुख्य शिष्य : क्या बात है ? इतना शोर क्यों हो रहा है ?

कई लोग : *(एक साथ)* दयानिधान, हमें धर्मगुरु से मिलना है।

मुख्य शिष्य : क्यों क्या कष्ट है ? क्यों मिलना है धर्मगुरु से ?

पांचवां व्यक्ति : दयानिधान, दुख और कष्ट तो बहुत हैं। हमें धर्मगुरु से विनती करनी है।

मुख्य शिष्य : अच्छा ज्यादा कोलाहल मत करो। मैं धर्मगुरु को सूचना देता हूँ।

[मुख्य शिष्य भीतर चला जाता है। बाहर खड़ा शिष्य और राजकर्मचारी बात करने लगते हैं।]

राजकर्मचारी : हो सकता है, धर्मगुरु इनसे मिलने आ ही जाएँ।

शिष्य : हाँ, आ भी सकते हैं।

राजकर्मचारी : *(लोगों से संबोधित होकर)* सीधे होकर खड़े हो.... ! कोई भी ऊटपटांग बात न करें ! बेकार में चर-चर मत करना ! एक समय में एक ही व्यक्ति बोले ! नहीं तो मुझसे बुरा कोई नहीं होगा। आ जाते हैं धर्मगुरु से मिलने... !

शिष्य : *(वह भी लोगों से संबोधित होता है)* सुन लिया ! थोड़ा सोच-समझ कर बात करना !...अच्छा, सुनो, तुम में से कोई शूद्र तो नहीं ? *(एक पल की चुप्पी। शिष्य सबके पास जाता है और उन्हें सूँघने का अभिनय करता है। धीरे-धीरे सबकी दृष्टियाँ एक व्यक्ति पर केंद्रित हो जाती हैं। शिष्य यह बात ताड़ जाता है और उसकी ओर संकेत करता हुआ राजकर्मचारियों से संबोधित होता है।)* देखो, यह है शूद्र !

राजकर्मचारी : नीच ! तेरा साहस कैसे हुआ ! तुझे पता नहीं शूद्रों का आश्रम में आना मना है !...दुष्ट ! पापी !...धर्मगुरु के आने से पहले चलता बन...नहीं तो मैं तुझे खड़े-खड़े ही भस्म कर दूँगा। भाग यहाँ से !

[शिष्य, राजकर्मचारी और लोगों की दृष्टियाँ उस व्यक्ति पर केंद्रित हैं। सम्भवतः लोगों को यह लगने लगा था कि उसके साथ आने से उनके विरोध का स्वर पवित्र नहीं रहा। उन्होंने इस व्यक्ति को साथ लाकर भूल की है। शिष्य, राजकर्मचारी और लागों की दृष्टि से तिरस्कृत वह व्यक्ति धीरे-धीरे पीछे हटता जाता है। लोगों की दृष्टि तलवार की नोक बनकर उसे और पीछे की ओर धकेल रही है। उसकी आँखें सहमी हैं। पीछे जाकर वह दौड़ पड़ता है और मंच से बाहर चला जाता है।]

राजकर्मचारी : *(ताड़ता हुआ)* अरे ओ, तुममें से और कोई तो नीच नहीं है ? *(लोग 'न' में सिर हिलाते हैं और डर जाते हैं।)*

[इतने में ही शंख बजने की आवाज आती है। 'ओम शान्ति' के स्वर उभरते हैं। ऋषि वसिष्ठ अपने शिष्यों के साथ आता है।]

वसिष्ठ : चिरंजीव रहो, मेरे बच्चो !

पहला व्यक्ति : धर्मगुरु ! हम आपकी शरण में आए हैं, दो वर्ष हो गए हैं फसल नहीं हुई।

दूसरा व्यक्ति : ऋषिवर, बच्चे भूखे मर रहे हैं।

तीसरा व्यक्ति : धर्मगुरु ! व्यापारियों ने अन्न का भंडारण कर रखा है।

चौथा व्यक्ति : मुनिवर ! व्यापारियों और राजकर्मचारियों को आदेश दें कि अन्न लोगों में बांटें !

पांचवां व्यक्ति : धर्मगुरु, इस वर्ष आपके आश्रम के लिए कुछ भेंट नहीं ला सके। हमारे घरों में एक दाना भी अन्न का नहीं।

वसिष्ठ : शान्ति ! मेरे बच्चो ! शान्ति। मैं तुम्हारे दुख से अनजान नहीं हूँ। बच्चो ! इस अकाल और दुख के कारण मैं भी दुखी हूँ। जिनके बच्चे भूखे-प्यासे हों उनके पिता की क्या दशा होगी ? परन्तु यह सब हमारे कर्मों का फल है। मेरे मन में अनेक दुश्चिन्ताएँ हैं। मुझे दूर भविष्य नजर आ रहा है। दिख रहा है कि समाज का ढाँचा बिखर रहा है।

भूख और गरीबी, अकाल और दुख, उसी बिखराव के कारण है। धर्म जिन नियमों पर समाज को चलाना चाहता था, उन पर यह नहीं चल रहा है। मेरे बच्चो ! यदि हमें इस बिखराव को रोकना है, आर्यावर्त की आत्मा को बचाना है...तो हमें अपने घर और सामाजिक व्यवहार में अनुशासन लाना होगा। यदि समाज में हमें सत्य स्थापित करना है तो हमें चाहिए कि स्त्रियाँ पुरुषों के मेलों में जाना बन्द करें। उनके सैर-सपाटे बन्द करवाएँ। वे उत्तेजना पैदा करने वाले वस्त्र न पहनें ! पति की अनुमति के बिना घर से न निकलें। स्त्री के लिए पति ही यज्ञ है...पति ही व्रत है...शूद्र भी विशेष संयम से काम लें। कोई भी शूद्र न तो धन संग्रह का अधिकारी है, न ही नए वस्त्र पहनने का। शूद्र अपने स्वामियों की उतरन ही पहनें और उनकी सेवा करें।

बहुत सारे लोग : *(एक साथ)* दया करो प्रभु ! दया करो ! अन्न का कोई प्रबन्ध करवाएँ, दया करें !

वसिष्ठ : शान्ति ! मेरे बच्चो, शान्ति ! उत्तेजित न हों। इस दुख में मैं भी आपके साथ हूँ। जाओ मेरे बच्चो, जाओ। मैं दुख निवारण के लिए हवन करूँगा। सब ठीक हो जाएगा। यह सब हमारे ही कर्मों का फल है। यह तो भुगतना ही होगा। धर्म का पालन करो। यह संसार माया है। इस मोह से बचो ! ईश्वर में ध्यान लगाओ। इस बात का ध्यान रखो कि ब्राह्मणों का अपमान न हो। ब्राह्मण ही भू-देव हैं।... वे पृथ्वी पर साक्षात देवता माने जाते हैं।...जल से अग्नि, ब्राह्मण से क्षत्रिय और पत्थर से लोहे की उत्पत्ति हुई है। तुम हवन और होम कराओ ! ब्राह्मणों को दान दो ! ब्राह्मणों की सेवा-पूजा करने वाला व्यक्ति कभी निर्धन नहीं होता ! ब्राह्मणों को दिया दान जन्म-जन्मांतर तक फल देता है। ब्राह्मणों की सेवा करने वाले मनुष्य को पारब्रह्म परमेश्वर की प्राप्ति होती है। दान, पुण्य करो ! सब ठीक हो जाएगा !...*(थोड़ा रुककर)*...मैंने सुना है कि कुछ लोग

थोथी तर्क विद्या का प्रचार करते हैं। धर्मग्रन्थों में आस्था न रखना महापाप है। वे लोग दंड के भागी होंगे। नीच योनियों में जन्म लेंगे। जो धर्म द्वारा निश्चित नियमों का पालन नहीं करेगा, उसे ईश्वर भी दंड देगा और मैं भी। अब मेरा समय नष्ट न करो, जाओ ! जाओ !! जाओ !!!

[बोलता हुआ वसिष्ठ धीरे-धीरे लौटता है और वापस आश्रम में चला जाता है। लोग कोलाहल करते हैं।]

पहला व्यक्ति : दुहाई है ! अरे, हम तो आए थे निवेदन करने, अपने दुख सुनाने।...और धमगुरु को देखो, हमारी बात तो क्या सुननी है, और ही उपदेश देने लगे हैं !

दूसरा व्यक्ति : बात उपदेश की नहीं, जो धर्मगुरु ने कहा वह बिलकुल ठीक है। स्त्रियों और शूद्रों को तो नकेल डालनी ही होगी। नहीं तो धर्म बचेगा नहीं।

तीसरा व्यक्ति : अरे, यह कैसा उपदेश है ? अरे, आज धर्म हमें यह बताएगा कि हमारी स्त्रियाँ क्या पहनें और क्या उतारें ! उन्हें कहाँ खड़ा होना चाहिए और कहाँ नहीं !

तीसरा व्यक्ति : क्या अब यह हमारी माताओं को भी बताएगा कि कहाँ जाएँ और कहाँ न जाएँ !

चौथा व्यक्ति : अरे अब तो यही बताना रह गया भई कब सोएँ और कब जागें, कब हँसे और कब रोएँ, कब खाएँ और कब हगें !

पहला व्यक्ति : यह तो प्रजा के पैरों में जंजीर डालने वाली बात है, धर्म नहीं। धर्म तो मित्रो, एक-दूसरे का हाथ बँटाने में है।

दूसरा व्यक्ति : तुम्हें धर्म का ज्यादा पता है ?

तीसरा व्यक्ति : अरे बात तो और की और हो गई। हम आए थे अपने दुख सुनाने और यहाँ धर्मगुरु...

दूसरा व्यक्ति : *(उसकी बात काटकर)* ज्यादा बक-बक न कर रे ! यदि धर्मगुरु के विरुद्ध कुछ और कहा तो तोड़कर रख दूँगा !

तीसरा व्यक्ति : तू हाथ तो लगाकर देख !

दूसरा व्यक्ति : *(धक्का मारता हुआ)* ले, क्या करेगा ?

[लड़ते हैं, बाकी भी लड़ाई में कूद पड़ते हैं। धक्का-मुक्की और गाली-गलौच होता है।]

शिष्य : चुप हो जाओ, ऊधम मत मचाओ ! यह आश्रम है। सब्जी की हाट नहीं।

[लोग आपस में लड़ रहे हैं। शिष्य और राजकर्मचारी उन्हें पीछे धकेलते हैं, भीतर से कुछ और शिष्य भी आकर लोगों को पीछे धकेलते हैं। इसके साथ ही सूत्रधार कुछ नट और नटनियों के साथ मंच पर आता है, और व्यंग्य भरा समूह गान आरम्भ होता है।]

धर्मगुरु हैं राजा बने
और राजा संन्यासी
गूँज धर्म की चारों ओर
फिर भी धरती प्यासी

दूध, दही न कौर रोटी का
हर जन भूखा, प्यासा है
भाग्य भरोसे मुँह जोहते
नयनों में घोर निराशा है।

भूखे मरते लोग बेचारे
किसकी शरण में जाएँ रे !
चीलें छाईं नगरों पर
भयंकर पंख फैलाए रे !

ऊँचे लम्बे वृक्ष धर्म के
धर्म की गहरी छाया रे लोगो !
इस छाया में झुलसे सारे
उजड़े देश गाँव रे लोगो।

धर्म की गहरी छाया रे लोगो !
उजड़े देश गाँव रे लोगो।

धर्म की गहरी छाया रे लोगो !
उजड़े देश गाँव रे लोगो।
उजड़े देश गाँव रे लोगो।
उजड़े..................।

अंक : दो

दृश्य एक

[जंगल के बाहर सत्यव्रत की झोपड़ी। झोपड़ी के सामने पगडंडी गुजरती है, सत्यव्रत और चित्रलेखा घरेलू कामकाज में व्यस्त, साथ-साथ बातें कर रहे हैं।]

चित्रलेखा : कुमार, राजमहल के सुखों से रहित जंगल...यह झोंपड़ी... आपको कितने सूने-सूने लगते होंगे ?

सत्यव्रत : पिछले दो वर्षों में यह बात तुमने अनेक बार कही है। सुख किसे अच्छे नहीं लगते ? तुमने भी तो सुख के सपने देखे होंगे।

चित्रलेखा : हाँ, देखे तो थे। लड़कियाँ यही सपने लेकर तो जीती हैं।

सत्यव्रत : हर कोई सुख माँगता है। जब हम बच्चे थे तो स्वर्ग के सपने देखते थे। कहाँ स्वर्ग और कहाँ ये झोंपड़ी !

चित्रलेखा : *(हाथ का काम छोड़ती और लगभग चीखती हुई पगडंडी की ओर संकेत करती है।)* हे भगवान, यह क्या है स्वामी ! उधर देखें !

[सामने पगडंडी पर अधेड़ उम्र की स्त्री सत्यवती आती दिखती है। उसने अपने पुत्र के गले में घास के तिनकों की बनाई रस्सी डाली हुई है और उसे पालतू जानवर की तरह पकड़े नगर की ओर ले जा रही है। उनके फटे-पुराने कपड़े और भूख के मारे शरीर, उनकी गरीबी और दरिद्रता की कहानी सुना रहे हैं। यह दिल हिला देने वाला कुरूप दृश्य है। 'माता, माता' पुकारता सत्यव्रत दौड़कर उनकी ओर जाता है।]

सत्यव्रत : माता !

[दिग्भ्रमित-सी सत्यवती रुक जाती है। भूख और निराशा से उसकी सुधबुध खो गई है। अजीब तरह से सम्मोहित, वह सत्यव्रत की ओर देखती है।]

सत्यव्रत : माता ! आप कौन हैं ?

सत्यवती : *(उसी प्रकार दिग्भ्रमित और सम्मोहन में)* क्या आप यह बच्चा खरीदेंगे ?

सत्यव्रत : *(अविश्वास के साथ)* क्या कहा माता ?

सत्यवती : मुझे यह बच्चा बेचना है। मूल्य केवल...एक बोरी अनाज... ! यह जीवन भर आपका दास बनकर रहेगा।

सत्यव्रत : माता यह क्या अनर्थ कर रही हैं ? एक बोरी अनाज के लिए इतना सुन्दर बच्चा बेच रही हैं ?

सत्यवती : इस भुखमरी में तो माँओं ने सेर-सेर अन्न के लिए अपने बच्चे बेचे हैं। मैं तो फिर भी पूरी एक बोरी माँग रही हूँ।

सत्यव्रत : माता, इतना अकाल तो नहीं पड़ा !

सत्यवती : तुम्हें अकाल का क्या पता ? तुम तो जवान हो, अन्न उगा सकते हो। दूर जंगल में जाकर कन्द-मूल और फल ला सकते हो ! तुम...तुम तो आखेट भी कर सकते हो ?

सत्यव्रत : हाँ माता, परन्तु बच्चे को बेचना...यह तो ठीक नहीं है। *(साथ ही बच्चे के गले से रस्सी खोलने लगता है।)*

सत्यवती : *(हिंसक होकर सत्यव्रत के हाथों को अपने पुत्र के गले से दूर कर देती है।)* इसे हाथ न लगा। मेरे और भी बच्चे हैं, यदि इसे न बेचा तो बाकी भूखे मर जाएँगे। यह मेरा बीच का पुत्र है। मैं माँ हूँ, मां ! हृदय पर पत्थर रखकर इसे बेचने निकली हूँ !

सत्यव्रत : नहीं माता, आप यहीं भोजन करो। कुछ खाने का प्रबन्ध करते हैं। अन्न के लिए बच्चे को बेचना...अधर्म है।

सत्यवती : मुझे धर्म मत सिखाओ पुत्र ! तुम जानते नहीं...मैं कौन हूँ ? मैं सत्यवती हूँ...धर्मस्वरूप महर्षि विश्वामित्र की पत्नी...उधर वे तप करने वन को गए हैं...और...इधर... इधर हम यह तप कर रहे हैं !

सत्यव्रत : *(लगभग रोता हुआ-सा सत्यवती के पाँवों पर गिरता है)* धर्मपालक, धर्मस्वरूप महर्षि विश्वामित्र की पत्नी की यह

दशा ! बच्चों को भूखा छोड़ व्यक्ति तप करने जंगल में चला जाए, इसके क्या अर्थ हैं भगवान...! इसके क्या अर्थ हैं...?

सत्यवती : *(अपने पति के विरुद्ध कही बात का विरोध करती हुई)* महर्षि को दोष मत दो पुत्र ! उनकी साधना बड़ी है, बड़ी साधना बड़ा हठ माँगती है।

सत्यव्रत : माता, आप बैठो ! भोजन करो ! *(आगे बढ़कर बच्चे के गले की रस्सी खोल देता है)*

सत्यवती : *(वह सत्यव्रत के व्यवहार से प्रभावित हो जाती है)* क्या नाम है तुम्हारा ? तुम साधारण नागरिक तो नहीं जान पड़ते।

सत्यव्रत : साधारण और असाधारण की क्या बात करती हो ! माता मैं तो इस नगरी का नागरिक भी नहीं ! मेरा नाम सत्यव्रत है।

सत्यवती : *(आश्चर्य से)* राजकुमार सत्यव्रत ! जिसे धर्मगुरु वसिष्ठ ने दंड दिया था ?

सत्यव्रत : हाँ माता, मैं वही सत्यव्रत हूँ। यह मेरी पत्नी चित्रलेखा है।

सत्यवती : *(आशीष देती हुई)* युग-युग जिओ पुत्र ! परन्तु मैंने तो सुना है कि महाराज त्र्यारुण भी राजपाट छोड़कर वन-गमन कर गए हैं।

सत्यव्रत : आपने ठीक सुना है, माता ! मेरे राजमहल छोड़ने के बाद उनका मन भी उचाट हो गया। अब राजकाज का सारा काम धर्मगुरु ही देखते हैं।

सत्यवती : *(व्यंग्य से)* हाँ, अब तो वही राजा हैं !

सत्यव्रत : माता, ये बातें छोड़ें, आप भोजन करें। मैं कुछ करता हूँ... जब तक महर्षि लौटते नहीं आपके लिए भोजन का प्रबन्ध हम करेंगे।

सत्यवती : ये कठिन समय है, पुत्र ! और कठिन समय में प्रण नहीं करने चाहिए, निभते नहीं !

सत्यव्रत : नहीं माता...मैं प्रण करता हूँ...और मैं निभाऊँगा भी !

सत्यवती : प्रण करते हो...क्योंकि मैं महर्षि की पत्नी हूँ !

सत्यव्रत : नहीं माँ, नहीं...माँ तो माँ होती है ! महर्षि के बच्चों की माँ हो या निर्धन के बच्चों की मां, मैंने जिस दशा में आपको देखा है, मैं किसी भी माँ को देखता तो यही करता, जो अब कर रहा हूँ !...चित्रलेखा ! माँ को और बच्चे को भोजन करवाओ !

सत्यवती : जीते रहो पुत्र ! परन्तु मुझे भोजन नहीं करना। पीछे दूसरे बच्चे होंगे ! वे भूखे हों और मैं खा लूँ...यह नहीं...यह कैसे हो सकता है ?

सत्यव्रत : माँ आप चिन्ता न करें, मैं भोजन का प्रबन्ध कर अभी आपके साथ चलता हूँ।

[सत्यव्रत और चित्रलेखा खाना लेने के लिए झोंपड़ी के भीतर जाने लगते हैं। ऋषि-पत्नी सत्यवती और बच्चे की नजरें उन्हीं पर टिकी हुई हैं। इसके साथ ही नगर के गरीब लोगों, जंगलवासियों और बच्चों की टोलियाँ मंच पर आती हैं।]

बच्चों की टोली : भूखे हैं और भिक्षा माँगें
माथे पर क्या लिक्खा है ?
कोई न पकड़े बाँह हमारी
न कोई देता भिक्षा है।

माता और पिता : *(टोली में)* रोटी के लिए हाथ फैलाएँ
क्या क्या करें इसके लिए
कमाएँ, माँगें या चुराएँ
इक टुकड़ा बच्चों को देने के लिए।

शिष्यों की टोली : अधर्म है रोटी की खातिर जीना
यह राह छोड़ें, मोक्ष माँगें
घड़ा पाप का देह हमारी
इसकी खातिर कुछ न माँगें।

माता और पिता : *(टोली में)* देह से ही यह जीवन चलता
देह बिना न अर्थ मिले
देह से ही सब होते पैदा

देह से ही सब वंश चले।

शिष्यों की टोली : देह कामिनी मोह है लेती
इस मोह से मुक्ति पाएँ
अधर्म पाप की राह छोड़कर
धर्मगुरु की शरण में आएँ।

माता, पिता और साधारण लोग : *(एक साथ आक्रोश की मुद्रा में)*
धर्मगुरु राजा हैं बने,
और राजा संन्यासी।
गूंज धर्म की चारों ओर
फिर भी धरती प्यासी !

फिर भी माँएँ बच्चे बेंचें
फिर भी होंठ प्यासे हैं
कैसा है यह राज धर्म का
सब के नैन निरासे हैं !
फिर भी माएँ बच्चे बेचें।...

[सत्यव्रत, चित्रलेखा, सत्यवती, बच्चा और टोलियाँ धीरे-धीरे मंच से बाहर जाते हैं]

दृश्य दो

[सत्यव्रत की झोंपड़ी। हरियाली की जगह सूखे ने ले ली है। झोंपड़ी से बाहर खड़ी चित्रलेखा अपने आप से बातें कर रही है। उसने फटे-पुराने कपड़े पहन रखे हैं।]

चित्रलेखा : *(अपने आप से बातें करती हुई)* कितना सुन्दर था सब कुछ, पेड़-पौधे, बेलें, नदियाँ...प्रकृति का विस्तार ! कैसा कोप हुआ है ! ऐसा लगता है जैसे सब कुछ खत्म हो जाएगा...हे भगवान ! दो बूँद पानी तो बरसाओ ! धरती की छाती पर कुछ तो उगे !

[फटेहाल फटे-पुराने कपड़े पहने सत्यव्रत का प्रवेश। वह बहुत थका हुआ है।]

सत्यव्रत : चित्रलेखा, जल्दी करो, शीघ्रता से भोजन करवा दो, बहुत भूख लगी है।

चित्रलेखा : आर्यपुत्र, मैं तो आपकी प्रतीक्षा कर रही थी। *(घड़े से पानी का लोटा भरकर देती हुई)* लीजिए मुँह-हाथ धो लें...परन्तु खाने के लिए घर में कुछ भी नहीं है !

सत्यव्रत : *(पानी का लोटा लेकर, हाथ भिगोकर मुँह पर फेरता है और पानी पीता है)* फिर ऋषि विश्वामित्र के परिवार को क्या पहुँचाएँगे ?

चित्रलेखा : जब हमारे पास अपने खाने के लिए कुछ नहीं है तो उन्हें क्या पहुँचा सकते हैं !

सत्यव्रत : भयानक सूखा पड़ा है ! कन्द-मूल तक सूख गए हैं। अन्न तो अन्न कोई पशु-पक्षी भी दिखाई नहीं देता, और जिनके पास अन्न के भंडार हैं वे एक दाना भी देने के लिए तैयार नहीं, महर्षि के बच्चे...महर्षि के बच्चे मेरी राह देखते होंगे !

चित्रलेखा : एक वर्ष से भी अधिक हो चला है, आपने कभी नागा नहीं होने दिया ! एक दिन न जाएँ तो कुछ नहीं होगा !

सत्यव्रत : नहीं चित्रलेखा, यदि हमारी यह दशा है तो वह मासूम बच्चे क्या करते होंगे, पहले ही कई दिनों से एक समय का भोजन मिल रहा है।

[विश्वामित्र की पत्नी का प्रवेश]

सत्यव्रत और चित्रलेखा: *(एक साथ)* प्रणाम माता !

सत्यवती : युग-युग जीओ, पुत्र !...पुत्र मैं तुम्हारी प्रतीक्षा करते-करते आई हूँ...जानती हूँ तुम्हें कष्ट दे रही हूँ...परन्तु मैं भी क्या करूँ !

सत्यव्रत : नहीं माँ, यह तो मेरा कर्तव्य है। आज मैं दूर-दूर तक भागा परन्तु कुछ भी नहीं मिला। कन्द-मूल भी नहीं...! मन मारकर धर्मगुरु वसिष्ठ के आश्रम पर भी गया। उनके शिष्यों से बच्चों के लिए थोड़ा-सा दूध माँगा। परन्तु उन्होंने

भी ना कर दी। हे भगवान ! इतना बड़ा आश्रम...इतनी गाएँ और बच्चों के लिए चुल्लू भर दूध भी नहीं ?

सत्यवती : भगवान तुम्हारा भला करे, पुत्र ! कुछ तो करना ही होगा ! भूख से बच्चों के मुँह *(हाथ का संकेत करती हुई समझाती है)* इतने से रह गए हैं, देखे नहीं जाते। मुझे तो तुम्हारा ही सहारा है !

सत्यव्रत : *(घुटनों के बल बैठकर, आँख मूँदकर प्रार्थना करता है, जैसे ऋषि-पत्नी के प्रश्नों के उत्तर खोज रहा हो)* हे भगवान ! मैं क्या करूँ ? कि बच्चों के मुँह में देने के लिए एक कौर तो मिले ! ईश्वर दया करो ! दया करो ! दया करो ! हमारे बच्चों पर भगवान, दया करो !

चित्रलेखा और सत्यवती : *(प्रार्थना में साथ देती हुई)* दया करो ! प्रभु ! दया करो !! दया करो !!!

[प्रार्थना करता हुआ सत्यव्रत आँखें खोलता है। ध्यान लगाकर प्रार्थना में लीन ऋषि-पत्नी को देखता है। ऋषि-पत्नी का सूखा मुँह, दुःख से भरा चेहरा देखकर उसकी आँखों में क्रूरता उभर आती है। वह झोपड़ी के भीतर जाता है और दराँती लेकर बाहर आता है। ऋषि-पत्नी और चित्रलेखा आश्चर्यचकित उसकी ओर देखती हैं।]

सत्यव्रत : माता आप चलें, मैं कोई प्रबन्ध करता हूँ !

सत्यवती : कहाँ चले, पुत्र !

सत्यव्रत : माता आप चिन्ता न करें, कुछ न कुछ तो जरूर करूँगा ही !

[विवशता और मजबूरी का गहरा एहसास और उसे प्रकट करने के लिए शब्द ढूँढ़ने का यत्न करता हुआ, अत्यन्त हिचकिचाहट और बेदिली से।]

...यदि माँगने से कुछ नहीं मिला तो कोई और उपाय करूँगा !

[सत्यव्रत जाता है और मंच पर अँधेरा हो जाता है]

दृश्य तीन

[प्रकाश होने के साथ-साथ दो कुटनियाँ मंच पर आती हैं।]

पहली कुटनी : चाल दुनिया की देख अरी !

दूसरी कुटनी : ज्यों पीपल में खोह अरी !

पहली : डालें हाथ तो निकलें कीड़े !

दूसरी : हाथ में दराँती, फटे हैं वस्त्र !

पहली : कौन था ? वह कौन था ?

दूसरी : री, वह तो राजकुमार था !

पहली : जो कुटिया में रहता था !

दूसरी : दुख, भूख सभी ही सहता था !

पहली : री कैसा राज...और कैसा कुमार !

दूसरी : वह बेचारा किसका पनिहार !

पहली : हड्डियाँ झाँकें भूख के साथ !

दूसरी : इसकी दुल्हिन का बुरा हाल !

पहली : फिर भी बहुत बड़ा है दाता !

दूसरी : कन्द-मूल और फल है खाता !

पहली : औरों की यह भूख मिटाए !

दूसरी : बच्चों के मुँह दाना पहुँचाए !

पहली : आप भूखा रह उन्हें खिलाए !

दूसरी : जरा ! जरा !!

पहली : थोड़ा ! थोड़ा !!

[थोड़ा-सा अन्तराल। उत्सुकता से भरपूर संगीत।]

दूसरी : पर...!...!...!

पहली : पर क्या....?....?

दूसरी : आज उसे कुछ भी न मिला !
बच्चों को भी कुछ न मिला !!

पहली : फिर ?

दूसरी : बच्चों के मुँह खुले हुए हैं।
भूखी आँखें, गहरे गड्ढे !!

पहली : फिर ?

दूसरी : असीम क्रोध में भरकर !
निकला घर से दराँती लेकर !!

पहली : पर क्या करेगा ? कहाँ जाएगा ?
अन्न कहाँ से लाएगा ?

दूसरी : हाँ, अन्न तो सारा तू खा गई !

पहली : मैंने नहीं, तूने खाया !

दूसरी : नहीं, तूने खाया !

दोनों : (एक साथ) खा लिया ! खा लिया ! अन्न सारा हमने खा लिया !
अन्न सारा हमने खा लिया ! अन्न सारा हमने खा लिया !

[थोड़ा रुककर]

धरती का अब सीना फटे !
पक्षी अब न उड़ान भरे !
पक्षी...

[थोड़े समय का अन्तर। वातावरण में दुख, डर और कुछ अनहोनी घटने की गन्ध है।]

पहली : पर अब कौन-सा काम करेगा !

दूसरी : कहाँ से पैदा अन्न करेगा ?

पहली : हाय री बहिना ! डर लगता है !

दूसरी : सारा दुख रे, इसी जग का है !

पहली : कौन बताए जग का सार अरी !

दूसरी : कलयुग की गुहार अरी !

पहली : यह दुनिया मोह-प्यार भरी !

दूसरी : तू होंठ अपने सँवार अरी !

पहली : क्यों...क्यों...क्यों...?

दूसरी : री कुमार अभी आएगा !
खाने को कुछ लाएगा !
चूल्हे पे हाँड़ी चढ़ेगी !
हवा सुगंध से भरेगी !

पहली : फिर...?

दूसरी : फिर बिल्ली रोएगी !
फिर अनहोनी होएगी !

दोनों : *(एक साथ जैसे सियापा कर रही हों)*
फिर बिल्ली रोएगी !
फिर अनहोनी होएगी !!

[आखिरी बोल बोलने के दौरान सत्यव्रत का प्रवेश। उसके एक हाथ में दराँती और दूसरे हाथ में रक्त से सनी दो पोटलियाँ हैं। कुटनियाँ 'फिर बिल्ली रोएगी, फिर अनहोनी होएगी !' बोलती और छाती पीटती हुई नाचती हैं। वे सत्यव्रत के इर्द-गिर्द घूमती हैं, जैसे सियापा कर रही हों। इसी के साथ ही फेड-आउट।]

दृश्य चार

[सत्यव्रत की झोंपड़ी ! आँगन में चित्रलेखा चूल्हे को झाड़ पोंछ रही है। एक हाथ में दराँती और दूसरे में दो पोटलियाँ लिए सत्यव्रत का प्रवेश। पोटलियाँ और दराँती रक्त से सने हैं। सत्यव्रत की आँखों में क्रूरता है।]

चित्रलेखा : इतनी देर लगा दी, क्या लाए हैं आर्यपुत्र !

सत्यव्रत : *(खीझ से)* खाने के लिए लाया हूँ कुछ !

चित्रलेखा : फिर भी...?

सत्यव्रत : *(खीझ के साथ)* देखती नहीं ! मांस है !

चित्रलेखा : किसका है यह मांस ?

सत्यव्रत : *(क्रोध में)* कम से कम मनुष्य का तो नहीं है !

चित्रलेखा : *(जिद करती हुई)* बताएँ तो सही ?

सत्यव्रत : जब हम मांस खा लेते हैं तो किस बात का झगड़ा ? भूख के आगे इस बात के क्या अर्थ हैं। *(शब्दों पर जोर देता हुआ)* यह गाय का मांस है। *(एक पोटली रखता हुआ)*

थोड़ा सा मैं ऋषि के घर पर दे आऊँ, बच्चों के पेट में कुछ तो जाए !

चित्रलेखा : *(उसकी प्रतिक्रिया हिंसक है)* यह मांस मैं नहीं पकाऊँगी ! *(हिंसक प्रतिक्रिया के बाद बीत चुकी घटना से पैदा हुआ डर उस पर हावी हो जाता है। इससे भयभीत हुई वह विनती करती है)* कुमार, ऋषि-परिवार को भी यह मांस न खिलाएँ ! यह पाप है ! श्राप लगेगा !

सत्यव्रत : लगता है तो लगे, भूख से बड़ा कौन-सा श्राप है ! भूख पाप और पुण्य के बीच की लीक मिटा देती है...आश्चर्य की बात है, बच्चे भूखे मर रहे हैं और आप पाप-पुण्य के तर्क दे रही हैं।

चित्रलेखा : *(रोती हुई)* नहीं, कुमार नहीं !

सत्यव्रत : उठो, आग जलाओ, हाँडी रखो, मांस की गंध आ रही है, मेरी भूख चमक रही है। मैं महर्षि की झोंपड़ी से होकर आया।

[मांस की दूसरी पोटली लेकर जाता है]

चित्रलेखा : *(गम्भीर दुविधा और मानसिक पीड़ा में)* नहीं, भगवान नहीं। मैं गाय का मांस नहीं खा सकती ! कुमार को क्या हो गया है ! मैं ब्राह्मण कन्या हूँ, गोमांस खाना घोर पाप है ! अधर्म है ! भूख ने कुमार का मन हिला दिया है...हे भगवान...! हे भगवान, मैं क्या करूँ ?...मैं क्या करूँ ? कुमार मेरे स्वामी हैं, उनकी बात भी माननी होगी ! एक तरह से यह भी ठीक है कि भूख के आगे पुण्य-पाप का क्या अर्थ ? हे भगवान मैं क्या करूँ...मैं क्या करूँ ?...दया करो भगवान...दया करो भगवान ! कुमार अभी लौट आएँगे ! *(मांस की पोटली उठाती है और फिर नीचे रख देती है)* हे भगवान ! आज मैं यह करने जा रही हूँ जो पहले कभी नहीं किया था।...जो कभी नहीं किया था।

[चित्रलेखा कई बार पोटली की ओर हाथ बढ़ाती है और कई बार खींच लेती है। अन्त में पोटली उठाती है और

फिर नीचे रख देती है। उसकी आत्मा इसी द्वन्द्व में फँसी पड़ी है। दोनों कुटनियाँ फिर मंच पर आती हैं और चित्रलेखा के सामने पड़ी पोटली पर सफेद चादर बिछा देती हैं। फिर चादर पर और अपने ऊपर पानी का छींटा देती हैं और मंत्रोच्चारण करती हवन करने की रीति की नकल उतारती हैं—जैसे इस हवन के द्वारा पाप के कर्मों को पुण्य में बदल देना हो। हवन के मूल अभिनय के दौरान चित्रलेखा घोर वेदना से गुजरती है। पृष्ठभूमि से पीड़ा भरे बोल उभरते हैं।]

पाप हुआ ! पाप हुआ !
पाप हुआ ! पाप हुआ !

लूटी है किसी ने लाज धरती की !
बीज अधर्म का फिर है बोया !

पाप हुआ ! पाप हुआ !
पाप हुआ ! पाप हुआ !

देखो क्या अनहोनी हुई !
पश्चिम से सूरज उग आया
समय के सिर पर पड़ी हैं चोटें !
धर्म को फिर कँपकँपी छूटी
दाग चाँद के गहरे हो गए !
मर्यादा ने पकड़ा माथा
किसी ने कर दी गाय की हत्या !
उसका मांस चूल्हे पर रखा !
उसका मांस चूल्हे पर रखा !
घड़ा पाप का है भर आया !
घड़ा पाप का है भर आया !

पाप हुआ ! पाप हुआ !
पाप हुआ ! पाप हुआ !

[पाप को पुण्य में बदलने का यत्न असफल होता लगता है। वातावरण में इसी की गंध है।]

दृश्य पाँच

[सत्यव्रत की झोंपड़ी। झोंपड़ी को सैनिकों ने घेर रखा है। उनके साथ महर्षि वसिष्ठ का मुख्य शिष्य भी है। सैनिक अधिकारी और मुख्य शिष्य सैनिकों को निर्देश देकर झोंपड़ी के द्वार पर आते हैं। सैनिक अधिकारी आदर से 'राजकुमार सत्यव्रत' कहता हुआ दो-तीन बार आवाज देता है। सत्यव्रत और चित्रलेखा बाहर आते हैं और सैनिकों को देखकर हैरान होते हैं।]

सत्यव्रत : क्या बात है ?

सैनिक अधिकारी : *(आदर से)* प्रणाम युवराज...युवराज, धर्मगुरु का आदेश है कि आप उनके सामने उपस्थित हों !

चित्रलेखा : *(एकदम प्रतिक्रिया की मुद्रा में)* हम तो नगर से बाहर रहते हैं, नगर के कामों में हम हस्तक्षेप नहीं करते हैं...फिर धर्मगुरु ने कुमार को क्यों बुलाया है ?

सैनिक अधिकारी : आदरणीय राजवधू ! इसकी तो मुझे पूर्ण जानकारी नहीं है। मैं मात्र आदेश का पालन कर रहा हूँ।

मुख्य शिष्य : *(उसके बोलने के ढंग में आदर तो है परन्तु वैसा नहीं जैसा सैनिक अधिकारी के ढंग में था—उससे कहीं कम है)* मैं बताता हूँ राजकुमार ! पता चला है कि आप चार दिन पहले धर्मगुरु वसिष्ठ के आश्रम में गए। वहाँ उनकी प्रिय गाय नन्दिनी चुराई। उसकी हत्या की और उसका मांस खाया। यह घोर अपराध है। इसलिए आपको धर्मसभा में उपस्थित होने के लिए बुलाया गया है।

चित्रलेखा : धर्मगुरु से कहें...कुमार नहीं आएँगे, बहुत हो गईं धर्मसभाएँ... साथ ही हम नगर से बाहर रहते हैं और नगर के बाहर धर्मगुरु के नियम नहीं चलते।

मुख्य शिष्य : *(सख्ती से)* आप भूलती हैं देवी ! जब से महाराज त्र्यारुण वन को गए हैं, राजकाज का सारा काम धर्मगुरु ही देखते हैं। उनके पास धार्मिक ही नहीं, पूरे राजकीय अधिकार हैं। यह वन अयोध्या राज्य की संपत्ति है। कुमार को

उपस्थित होना ही होगा।

चित्रलेखा : आप जो चाहे कर लें...कुमार नहीं जाएँगे।

मुख्य शिष्य : *(सैनिक अधिकारी से)* सैनिक अधिकारी, धर्मगुरु के आदेश का पालन हो !

चित्रलेखा : *(सत्यव्रत के सामने आकर चुनौती देती हुई)* अच्छा ! मैं देखती हूँ कौन कुमार को हाथ लगाता है ?

मुख्य शिष्य : सैनिक अधिकारी उचित कार्रवाई करें, धर्मगुरु के आदेश का पालन हो !

[सैनिक अधिकारी और सैनिक चुप खड़े हैं। वे दुविधा में हैं।]

सत्यव्रत : *(उसके मुख पर आत्मसंयम को अभिव्यक्त करती शांति और दृढ़ता है)* इसकी आवश्यकता नहीं सैनिक ! *(चित्रलेखा को अपने सामने से हटाता हुआ)* तुम चिन्ता न करो चित्रलेखा ! मुझे इनके साथ जाने दो। मैं देखता हूँ धर्मगुरु क्या कहते हैं।

चित्रलेखा : ठीक है, मैं भी आपके साथ आऊँगी।

[सैनिकों से घिरा सत्यव्रत, सैनिक अधिकारी, मुख्य शिष्य और चित्रलेखा जाते हैं। पृष्ठभूमि से गीत के बोल उभरते हैं।]

गीत : धर्मगुरु हैं राजा हुए,
और राजा संन्यासी !
गूँज धर्म की चारों ओर
फिर भी धरती प्यासी !

दृश्य छह

[अयोध्या का चौराहा। लोग आ-जा रहे हैं। दो राजकर्मचारी नगाड़े पर चोट करते हुए घोषणा करते हैं]

राजकर्मचारी : सुनो ! सुनो !! सुनो !!!...अयोध्या के नगरवासियो, सुनो ! धर्मगुरु तप-स्वरूप महर्षि वसिष्ठ का आदेश सुनो ! धर्मगुरु के आदेश के अनुसार कल धर्मसभा बुलाई जा रही है। इस धर्मसभा में पूर्व युवराज सत्यव्रत को उपस्थित किया जाएगा। सत्यव्रत पर आरोप है कि उसने धर्मगुरु के आश्रम से गाय चुराई और उसकी हत्या की। उसका मांस स्वयं खाया और अन्य लोगों को भी खिलाया। सुनो ! सुनो !! सुनो !!!

दृश्य सात

[धर्मसभा का मैदान। बीच में सभा मंच है। हर वर्ग के लोग वहाँ उपस्थित हैं। सैनिकों द्वारा बन्दी बनाया गया सत्यव्रत, चित्रलेखा, सत्यवती और उसका बच्चा एवं धर्मगुरु वसिष्ठ के शिष्य वहाँ पर मौजूद हैं। भूख और गरीबी से कुचले साधारण लोगों के मुख और उनके फटे-पुराने वस्त्र, राज्य में पड़े अकाल और फैली हुई दरिद्रता की कथा सुना रहे हैं। साधारण लोगों की टोली प्रार्थना कर रही है। यह उन लोगों की प्रार्थना है जिनकी इच्छाशक्ति और संदेह करने की शक्ति को भूख और निराशा ने कुचल दिया है।]

टोली : हे धर्मगुरु !
हे धर्मगुरु !!
हे धर्मगुरु !!!

धर्मगुरु हम
आपके दास
आपकी शरण में आए
भूखे और प्यासे
पाप और पुण्य की

समझ न आए

बिना आपके
कौन राह दिखाए !
कौन राह दिखाए !!
कौन...!!!

हे धर्मगुरु
हे धर्मपिता
रखो लाज हमारी
करो दया
हे पिता
कृपा करो !
कृपा करो !!
कृपा करो !!!
हे धर्मगुरु !
हे धर्मगुरु !!

मुख्य शिष्य : आओ धर्मगुरु की शरण में आओ। सब दुख दूर हो जाएँगे ! सभी बंधन कट जाएँगे ! आओ धर्मगुरु की शरण में आओ !

टोली : हम शरण तुम्हारी धर्मगुरु
तुम दो सहारा धर्मगुरु !
आदि तुम, तुम अन्त धर्म के
कृपा द्वार बन्द न धर्म के
धर्म के रक्षक, धर्म के पालक
ज्योति धर्म की, धर्म के स्वामी
हम शरण तुम्हारी, दया करो !
हम शरण तुम्हारी !
हम शरण तुम्हारी !
हम शरण तुम्हारी
हम....!

मुख्य शिष्य : *(ऊँचे स्वर में)* धर्मगुरु की वन्दना हो !

[शिष्य और ब्राह्मण एकदम दीवार की तरह मंच पर फैल जाते हैं और वंदना शुरू करते हैं। यह वंदना नहीं, प्रशस्ति है, जयनाद है।]

शिष्य और ब्राह्मण : सर्वपूरक गुरु, गुरुनिरलंभ।
विश्वबीजम् गुरु, गुरु आरम्भ।।
जगतस्रष्टा गुरु, गुरु विश्वंभर।
गुरु ही धरती, गुरु ही अंबर।।
अपराजित गुरु, गुरु ऋषिकेश।
गुरु ही मार्ग, गुरु आदेश।।
गुरु ही मार्ग, गुरु आदेश।।

[इस वंदना के साथ ही धर्मगुरु वसिष्ठ का प्रवेश। राजकीय ध्वज और चिह्न उठाए राजपुरुष और सैनिक उनके पीछे आते हैं। शंख-ध्वनि के साथ-साथ शक्ति का यह कारवां बाढ़ की तरह मंच पर प्रवेश करता है। लोग शीश नवाते हैं। वसिष्ठ सभा मंच पर खड़े होकर लोगों से संबोधित होते हैं।

मुख्य शिष्य : धर्मगुरु धर्म-स्वरूप
राज-रूप भगवान हैं।
निष्पक्ष हैं निर्वैर हैं
धर्म की पहचान हैं।

वसिष्ठ : चिरंजीव रहो मेरे बच्चो ! *(थोड़ा-सा रुकता है और एकत्र हुए लोगों को देखता है, जैसे उनका मनोभाव पढ़ रहा हो)* बच्चो ! धर्म इस सृष्टि का मूल है। धर्म समाज को दिशा देता है। सामाजिक व्यवहार के नियम बनाता है। धर्म सर्वश्रेष्ठ है, सर्वोच्च है। धर्म हर कर्म का निर्णय करता है। जो लोग धर्म की उपेक्षा करते हैं, दंड के भागी बनते हैं।

मुख्य शिष्य : *(जो मंच के पास ही खड़ा है जयघोष करता है)* धर्मगुरु वसिष्ठ की...(लोग 'जय' बोलते हैं)।

मुख्य शिष्य : *(वसिष्ठ को संबोधित होता हुआ)* धर्मगुरु, आज की सभा

पूर्व युवराज सत्यव्रत द्वारा किए गए घोर अपराध पर विचार करने के लिए बुलाई गई है।

वसिष्ठ : सत्यव्रत उपस्थित हैं ?

[सैनिकों और शिष्यों से घिरा सत्यव्रत सामने आता है।]

सत्यव्रत : प्रणाम गुरुवर !

[वसिष्ठ सिर हिलाकर प्रणाम स्वीकार करता है]

मुख्य शिष्य : धर्मगुरु ! पूर्व युवराज सत्यव्रत पर दोष है कि उसने धर्मगुरु के पवित्र आश्रम से उनकी प्रिय गाय नंदिनी चुराई और उसकी हत्या की। गाय को मारने के बाद उसका मांस स्वयं खाया और लोगों में बाँटा।

सत्यव्रत : धर्मगुरु, लगता है जैसे यह सभा मेरा पक्ष सुनने से पहले ही मुझे अपराधी ठहरा चुकी है।

वसिष्ठ : *(अपने एक-एक शब्द पर जोर देते हुए)* क्या तुम यह कहना चाहते हो कि जो कुछ तुमने किया वह अपराध नहीं ?

सत्यव्रत : बात इतनी सीधी और आसान नहीं है, धर्मगुरु !...लोग भूख से मर रहे हैं। भूख से तंग आकर माँएँ बच्चे बेच रही हैं ! क्या आप यह बात जानते हैं ?

वसिष्ठ : मैं सब जानता हूँ, सत्यव्रत ! यह प्रजा मेरी संतान है। इनके सुख-दुख मेरे सुख-दुख हैं। परन्तु इन बातों का तुम्हारे अपराधों से कोई सम्बन्ध नहीं है।

सत्यव्रत : सम्बन्ध है धमगुरु ! सम्बन्ध है ! मेरा वह कर्म जिसे आप अपराध कह रहे हैं शून्य में नहीं हुआ। वह इन्हीं बातों के साथ जुड़ा हुआ है।

वसिष्ठ : *(क्रोध में, परन्तु उसके क्रोध की अभिव्यक्ति में विशेष प्रकार का संयम है।)* बिलकुल नहीं ! उसका इसके साथ कोई सम्बन्ध नहीं है ! यदि सम्बन्ध है तो केवल यही...कि यह भुखमरी, सूखा, अकाल...इनका कारण...ऐसे पाप ही हैं !

सत्यव्रत : परन्तु धर्मगुरु, आपने ही तो बताया था कि इहलोक के कर्मों का फल दूसरे लोक में जाकर मिलेगा। जो पुण्य करेगा

वह स्वर्ग में जाएगा और जो पाप करेगा वह नरक में जाएगा।...फिर यह नरक इस धरती पर कैसे उतर आया ?

वसिष्ठ : तुम व्यर्थ का तर्क दे रहे हो, सत्यव्रत ! तुम अपने पर लगे दोष का उत्तर दो !

सत्यव्रत : धर्मगुरु, मैंने जो भी किया उसे नकारता नहीं हूँ। मैंने भूख का भयानक सच देखा है। माँओं को बच्चे बेचते हुए देखा है ! *(सत्यवती के बच्चे की ओर संकेत करते हुए कहता है।)* मैंने पूरा यत्न किया कि उनके लिए अन्न का प्रबन्ध करूँ और करता भी रहा। कभी फल ले आया कभी अन्न तो कभी-कभी शिकार करता परन्तु एक दिन मुझे कुछ भी नहीं मिला, कन्द-मूल भी नहीं। मैं आपके आश्रम में गया। आपके शिष्यों से दूध माँगा। उन्होंने साफ मना कर दिया। इतना बड़ा आश्रम है, हजारों गायें हैं....परन्तु भूखे और निर्धनों के लिए एक चुल्लू दूध भी नहीं...मुझे बहुत दुख हुआ।...मैं क्रोध में आ गया। परन्तु क्या कर सकता था ?...खाली हाथ लौटना पड़ा।...वे बच्चे, जिनके लिए मैं अन्न का प्रबन्ध किया करता था, उनकी माँ मेरे घर आई *(सत्यवती की ओर संकेत करता है)*। यह वह माँ है, जिसने भूख से दुखी होकर एक दिन अपना बच्चा मेरे पास बेचना चाहा था। मेरी आँखों के सामने उसके बालक थे। बालक...जिनके शरीरों में जान नहीं थी...जिनकी टाँगें टेढ़ी हो गई थीं...भूख ने उनकी आँखों से चमक छीन ली थी।...भूख और क्रोध के दैत्य ने मेरे शरीर और मन पर अधिकार कर लिया। मैं आपके आश्रम में गया। वहाँ फिर दूध माँगा, वहाँ से फिर 'न' में उत्तर मिला...हाँ, मैं मानता हूँ फिर मैंने चोरी की। आपकी गाय चुराई...! उसका मांस खाया...और मैंने बच्चों को खिलाया...परन्तु मैं अब भी कहता हूँ कि मैंने कोई अपराध नहीं किया ! और जो काम मैंने किया उसे मैं अपराध नहीं समझता !

वसिष्ठ : देख रहा हूँ सत्यव्रत, तुम्हें अपने कर्म पर कोई पश्चाताप नहीं है ! तुम्हें पहले भी दंड मिला था। तुमने उससे भी

कुछ शिक्षा प्राप्त नहीं की। अपने पापों का प्रायश्चित नहीं किया।

सत्यव्रत : किस बात का प्रायश्चित, मुनिवर ! पश्चाताप उस बात का होता है जो बात मन में पाप पैदा करे। मैं इस भावना से मुक्त हूँ...इसलिए...कि यह काम मेरा कर्म था। इसलिए कि यह काम मैंने सोच-समझकर किया था !

वसिष्ठ : तुमने पहले कई कुकर्म किए हैं, सत्यव्रत ! अपने पिता की आज्ञा का उल्लंघन किया ! एक ब्राह्मण कन्या के विवाह को भंग किया।

चित्रलेखा : *(जैसे और सहन न कर सकती हो, चीखती हुई आगे आती है)* क्षमा करें गुरुवर ! यह क्या हो रहा है ? बार-बार वही बात...मेरे सम्बन्ध में बात कर रहे हैं तो उस सम्बन्ध में मेरा पक्ष भी सुनें।

वसिष्ठ : तुम कौन हो कन्या ?...और इस धर्मसभा में किसकी आज्ञा से आई हो।

चित्रलेखा : ऋषिवर ! मैं राजकुमार सत्यव्रत की अर्धांगिनी चित्रलेखा हूँ।

वसिष्ठ : तुम्हारे इस सम्बन्ध को धर्मसभा ने स्वीकार नहीं किया था, कन्या ! दूसरी बात यह है कि स्त्रियों को धर्मसभा में आने का अधिकार नहीं।

चित्रलेखा : जानती हूँ गुरुवर !

वसिष्ठ : जानती हो तो पालन क्यों नहीं करतीं ?...तुम्हारे जीवन और व्यवहार से तो यही लगता है कि तुम्हें धर्म का कोई ज्ञान नहीं !

चित्रलेखा : ज्ञान है, गुरुवर ! बचपन से लेकर जवानी तक मेरे कानों ने वेदमंत्रों और श्लोकों की गूँज सुनी है। मैंने अपने पिता को धर्मशास्त्र और धर्म सम्बन्धी गोष्ठियाँ करते सुना है। धर्म तो उस दूध में भी था जो मैंने अपनी माँ के स्तनों में से पिया...और उस वायु में भी जिसमें सांस लेकर मैं जवान हुई !

वसिष्ठ : यदि तुम्हें धर्म का ज्ञान होता तो तुम इस धर्मसभा में आकर

इस प्रकार न बोलतीं...! वह भी मेरे सामने...! श्रेष्ठ ब्राह्मण वसिष्ठ के सामने !

चित्रलेखा : फिर क्षमा चाहती हूँ, ऋषिवर ! यदि आप उस कुल में से हैं जिनके पुरखों ने वेदमंत्र रचे थे तो याद करें, मैं भी उसी कुल में से हूँ जिनके पुरखों ने वेदमंत्र रचे थे !

वसिष्ठ : चुप रहो ! ऋषि के संयम की परीक्षा मत लो ! धर्मसभा में स्त्री के बोलने का कोई अर्थ नहीं !

चित्रलेखा : इसका तो यही अर्थ है गुरुवर कि यह धर्मसभा अब पुरुषों की धर्मसभा है, यह धर्म अब पुरुषों का धर्म है !

वसिष्ठ : चुप दुष्ट स्त्री, चुप ! मेरे प्रश्नों का उत्तर सत्यव्रत को ही देने दो !

सत्यव्रत : हाँ गुरुवर, उत्तर मैं ही दूँगा। सबसे पहले, मेरे पिता के आदेश न मानने वाली बात...वे मेरे पिता हैं, इस राज के महाराज ! परन्तु जरूरी नहीं, मैं उनकी हर बात से सहमत होऊँ ! पिता से मतभेद रखना कोई पाप नहीं !...रही चित्रलेखा की बात ! तो धर्मसभा स्वीकार करे या न करे...वह मेरी पत्नी है ! मेरी अर्द्धांगिनी ! वह न दुष्ट है, न पापी ! पापी तो वे लोग थे जो उसका विवाह उसकी इच्छा के विरुद्ध कर रहे थे !

वसिष्ठ : देख रहा हूँ सत्यव्रत कि अपने पापों का प्रायश्चित करने की भावना तुम्हारे मन में है ही नहीं ! पश्चाताप कर्म का चिह्न है। जो प्रायश्चित नहीं करता वह पार नहीं उतर सकता। तुमने तीन महापाप किए हैं—ब्राह्मण कन्या का अपहरण ! अपने पिता के आदेश का उल्लंघन !...और गोहत्या ! ये तीन पाप—तीन शत्रु सारी आयु तुम्हारे साथ रहेंगे ! तुम इस संसार में त्रिशंकु के नाम से जाने जाओगे ! न तुम्हें लोक मिलेगा न परलोक !

सत्यव्रत : *(क्रोध में गर्जन करता हुआ)* इस सभा को कोई अधिकार नहीं है कि मुझसे मेरा नाम छीन ले ! मैं सत्यव्रत हूँ और सत्यव्रत ही रहूँगा।

वसिष्ठ : सभी अधिकारों का मूल धर्म है, सत्यव्रत ! यदि तुम प्रायश्चित कर लेते तो यह सभा तुम्हें कोई दंड नहीं देती।

परन्तु तुम धर्मसभा को भी चुनौती देते हो ! *(क्रुद्ध होकर)* मैं वसिष्ठ, तुम्हें धर्म के नाम पर श्राप देता हूँ कि तुम चांडाल बनोगे और चांडालों जैसा जीवन जिओगे !

[ऋषि विश्वामित्र भीड़ से निकलकर एकदम सामने आता है।]

विश्वामित्र : महर्षि ! आप जो कर रहे हैं वह कदाचित उचित नहीं है !

वसिष्ठ : क्यों उचित नहीं है ? (पहचानता हुआ)...ऋषि विश्वामित्र ! (थोड़ा रुककर)...परन्तु आप कौन होते हैं धर्मसभा में इस प्रकार हस्तक्षेप करने वाले ?

विश्वामित्र : मैं भी उसी वन का ऋषि हूँ धर्मगुरु, जहाँ यह कांड हुआ है। वन में रहनेवाले साधरण लोग युवराज की दयालुता के साक्षी हैं।

वसिष्ठ : *(व्यंग्य से)* हाँ...हाँ गोहत्या उसकी दयालुता का प्रमाण ही तो है !

विश्वामित्र : नहीं धर्मगुरु, इस काम में सत्यव्रत का कोई स्वार्थ नहीं था। उसने जो काम किया, उसका सदाचार अलग है। उसके सदाचार का सिंहासन ऊँचा है। इस बात की मुझे व्यक्तिगत रूप से जानकारी है। इसलिए मैं ऋषि विश्वामित्र राजकुमार सत्यव्रत को आपके श्रापों से मुक्त करता हूँ।

[लोगों में प्रसन्नता की लहर दौड़ जाती है। वे एकदम उत्साह में आ जाते हैं। वसिष्ठ क्रोध में कुढ़ता है।]

वसिष्ठ : *(व्यंग्य और उपहास से)* ऋषि विश्वमित्र ! आपको धर्म का क्या पता ? आप तो ब्राह्मण भी नहीं ! पवित्र ग्रन्थों की अर्थहीन व्याख्या करते हैं। आप क्या जानें, धर्म क्या होता है ?

विश्वामित्र : आप धर्मगुरु हैं, आप ही बताएँ धर्म का मनोरथ ?

वसिष्ठ : ऋषि विश्वामित्र, धर्म जीवन की सीमाएँ निश्चित करता है।

विश्वामित्र : आपने सच कहा, धर्मगुरु !...काश ! आप अपने इस कथन पर पूरे उतरते ! धर्मसभा बुलाई है...तो इसकी सीमा भी

निश्चित करते ! इस सीमा में रहकर न्याय करते ! वरदान और श्राप के लोक में न जाते !

वसिष्ठ : ऋद्धि, सिद्धि, शाप और वरदान धर्म की शक्ति हैं, ऋषि विश्वामित्र ! और यह शक्ति असीम है !

विश्वामित्र : परन्तु यह असीम भी सीमा की माँग करता है, ऋषिवर !

वसिष्ठ : जानता हूँ ऋषि, धर्म की असीम शक्ति को दिशा भी धर्म ही देता है। धर्म परमार्थ का रास्ता बताता है। मनुष्य को पारब्रह्म तक ले जाता है।

विश्वामित्र : पारब्रह्म मिल जाए तो मुक्ति हो जाती है।...परन्तु बात तो इस जीवन के दुखों और पीड़ाओं की है !

वसिष्ठ : धर्म द्वारा ही दुख और पीड़ा से मुक्ति मिलती है। धर्म दुख और सुख के अन्तर को मिटा देता है।

विश्वामित्र : दुख और सुख भावनाएँ ही नहीं हैं...धर्मगुरु !...ये भावनाएँ भी यथार्थ के दो छोर हैं। इनके बीच के अन्तर को मिटाना बहुत कठिन है !

वसिष्ठ : कठिन नहीं ऋषि, बहुत सरल है ! जो धर्म के मार्ग पर चलता है, वह इस संसार से मुक्ति पाता है। उसे मोक्ष की प्राप्ति होती है।

विश्वामित्र : वह मोक्ष कल्पित मोक्ष है धर्मगुरु ! वास्तविक मोक्ष तो इस संसार के दुख बाँटने में है...जैसे सत्यव्रत ने बाँटे हैं ! इसीलिए कहता हूँ...कि सत्यव्रत ने कोई पाप नहीं किया ! वह चांडाल नहीं बनेगा !

[विश्वामित्र के संवाद के बीच ही महाराज त्र्यारुण का प्रवेश। वे राजकीय परिधान में हैं। उनके साथ द्वारपाल और राज्य के अन्य अधिकारी भी हैं। पीछे राजकीय चिह्न उठाए राजपुरुष हैं।]

त्र्यारुण : *(घोषणा करता हुआ)* सत्यव्रत चांडाल नहीं बनेगा। वह नगर से बाहर भी नहीं रहेगा। आज से सत्यव्रत अयोध्या का राजा है।

[सत्यव्रत एकदम 'पिताजी, पिताजी' कहकर चीख उठता

है। वह त्र्यारुण की ओर जाने लगता है, किन्तु शिष्य उसके बाजू पकड़कर रोक लेते हैं। भीड़ महाराज त्र्यारुण की जय-जयकार करती है। कुछ लोग सत्यव्रत की जय बोलते हैं। भीड़ में प्रसन्नता की लहर दौड़ जाती है]

वसिष्ठ : महाराज ! आप कब लौटे ?

त्र्यारुण : प्रणाम ऋषिवर ! आज ही लौटा हूँ। संन्यास लेकर दूर पहाड़ों-जंगलों में गया। साधुओं, तपस्वियों, ऋषियों, मुनियों से मिला।...चिंतन किया।...तप किया...परन्तु शान्ति नहीं मिली ! मैं अयोध्या लौट आया। यहाँ आकर भुखमरी देखी। भ्रष्ट अधिकारियों और व्यापारियों का व्यवहार देखा। वर्षों के श्रम से बनाई व्यवस्था को चकनाचूर हुआ देखा...मुझे मार्ग मिल गया...मुझे ज्ञान हो गया...ज्ञान हो गया कि वनों में जाकर, तपस्या कर, साधना कर, जो मिल सकता है...वह है...अपनी मुक्ति...स्वयं के लिए शान्ति। परन्तु राजा का कर्म, राजा की शान्ति व्यक्तिगत मुक्ति में नहीं ! राजा का कर्म है अपनी प्रजा के दुख-सुख का भागी होना। राजनीति ही उसकी कर्मभूमि है। मैंने राजमहल लौटकर भगवे वस्त्रों का त्याग कर दिया। सभा के बारे में पता चला तो मैं यहाँ चला आया।

वसिष्ठ : स्वागत है महाराज, परन्तु यह धर्मसभा है। इसका राजनीति से कोई सम्बन्ध नहीं।

विश्वामित्र : सम्बन्ध है मुनिवर ! धर्मसभा राजनीति का ही विस्तार है।

वसिष्ठ : नहीं, बिलकुल नहीं, धर्मसभा धर्म की सर्वोच्चता का प्रतीक है !

विश्वामित्र : यह सच नहीं ! राजनीति हर स्थान पर है ! यह धर्मग्रन्थों में भी है और धर्मग्रन्थों की व्याख्या में भी !

त्र्यारुण : शान्त, ऋषि विश्वामित्र !...धर्मगुरु ! मैं पूरी आयु धर्म का अनुयायी रहा हूँ। सदैव आपके निर्णयों का पालन किया है। आज भी करता हूँ। मुझे विश्वास है कि आप न्याय ही करेंगे। महर्षि विश्वामित्र भी यहीं हैं। वे भी धर्म-दर्शन और प्राचीन ग्रन्थों के ज्ञाता हैं। मैं आप दोनों के प्रति

श्रद्धा रखता हूँ।

वसिष्ठ : परन्तु यह मेरी सभा है ! ऋषि विश्वामित्र की नहीं !

विश्वामित्र : शब्दों के बंधन तोड़कर सच आपकी जिह्वा पर आ ही गया, धर्मगुरु, अब आपने ठीक कहा है : यह आपकी सभा है ! आपकी !...धर्म की नहीं।

वसिष्ठ : *(अत्यन्त क्रोधित होकर)* मेरे कामों में हस्तक्षेप न करें, ऋषि विश्वामित्र ! इस स्थान पर खड़ा मैं अयोध्या का धर्मगुरु हूँ। परन्तु मेरा अपमान हो रहा है। *(उसका रूप और प्रचंड होता है)* मैं राजगुरु हूँ, परन्तु मेरा स्थान उससे भी ऊँचा है। मैं सर्वोच्च ब्राह्मण कुल से हूँ। ज्ञान मेरे घर का पानी भरता है। योग मेरी मुट्ठी का पसीना है। ऋद्धियाँ-सिद्धियाँ मेरे द्वार पर खड़ी मेरे शब्द की प्रतीक्षा करती हैं। मेरा हर शब्द धर्म है। मेरे तप की सत्ता त्रिलोक तक है ! *(उसका क्रोध शिखर पर है। वह कुछ और कहना चाहता है, किन्तु उसे शब्द नहीं मिलते। वह सभा मंच पर कभी इधर, कभी उधर जाता है। अपने आपे से बाहर होकर वह अपने गले की माला पर हाथ डालता है और उसे तोड़ देता है। मनके धरती पर बिखर जाते हैं। क्रोध और चुनौती दिए जाने की घोर चिन्ता उसके व्यक्तित्व को खंडित कर रही है। क्रोधाग्नि में जलता वह शाप देता है।)* मैं वसिष्ठ, आकाश, धरती और वायु को साक्षी मानकर श्राप देता हूँ कि सत्यव्रत, जिसके कारण मेरा अपमान हुआ है, कभी भी स्वर्ग का भागी नहीं बनेगा ! यह त्रिशंकु दोनों लोकों के बीच लटका रहेगा !

[भीड़ में से 'दया करो' 'दया करो' आदि का प्रार्थनानाद उठता है। लोग वसिष्ठ का प्रचंड रूप देखकर भयभीत हो गए हैं।]

विश्वामित्र : ठहरो मुनिवर ! मेरे तप में भी उतना ही प्रताप है, जितना आपके तप में है। मेरे तप की सत्ता भी सर्वव्यापक है। राजकुमार सत्यव्रत को यदि आप स्वर्ग नहीं जाने देंगे तो

मैं उसके लिए नए स्वर्ग का सृजन करूँगा !

वसिष्ठ : आपका इतना दुस्साहस !...धर्म के विरुद्ध, पूर्वजों के बनाए नियमों के विरुद्ध आप अपना नया स्वर्ग बना देंगे ?

विश्वामित्र : हाँ बनाऊँगा ! मैं नया स्वर्ग, नया देवलोक बनाऊँगा।

वसिष्ठ : देवलोक तो वह हो ही नहीं सकता ! जहाँ आप और सत्यव्रत जैसे प्राणी होंगे, वह दुष्ट लोक ही हो सकता है !

विश्वामित्र : आप देखते रह जाएँगे ऋषि ! और आपके देखते-देखते आपके सामने नया देवलोक बन जाएगा !

वसिष्ठ : मैं भी देखूँगा...कैसे होता है यह सब कुछ ? सब देवी-देवता मेरा साथ देंगे !

विश्वामित्र : मैं प्रण करता हूँ कि मैं सत्यव्रत के लिए नया स्वर्ग बनाऊँगा !

वसिष्ठ : मैं देखता हूँ कि आप कैसे बनाते हैं स्वर्ग ?

विश्वामित्र : मैं बनाऊँगा...अपने तप की शक्ति से !

वसिष्ठ : नहीं, मैं नहीं बनने दूँगा !

विश्वामित्र : मैं बनाकर रहूँगा !

[वसिष्ठ और विश्वामित्र, 'नहीं मैं नहीं बनने दूँगा' 'मैं बना कर रहूँगा' की तीखी लड़ाई लड़ते हैं। सत्यव्रत आगे आता है और हाथ के संकेत से सबको चुप हो जाने के लिए कहता है। उसका मुख स्थिर और शान्त है। वह सब को संबोधित होता है।]

सत्यव्रत : धर्मगुरु वसिष्ठ ! महर्षि विश्वामित्र ! जरा ठहरें ! एक पल के लिए मेरी बात भी सुनें !...बचपन से ही मेरे मन में स्वर्ग जाने की प्रबल इच्छा रही है ? मैं स्वर्ग के सपने देखता रहा हूँ। परन्तु आज...अब मैं यह अनुभव कर रहा हूँ कि ये सपने, ये इच्छाएँ, इन्हें पैदा करने में आपका ही हाथ था...मुझे इस प्रकार का आपने ही बनाया था।...मैं आज कौन हूँ...इस राज्य का राजकुमार या धर्म का बन्दी ?...आज मैंने यह जाना है कि सबसे पहले मैं इस धरती का जाया हूँ !...मेरे कर्मों से कोई चीज बनती है, मिटती है...कई काम

मैं अपनी इच्छानुसार करता हूँ...जैसे मैंने ब्राह्मण कन्या चित्रलेखा को अपनी पत्नी बनाया। कुछ काम मुझे न चाहते हुए भी करने पड़ते हैं, जैसे मुझे गाय की हत्या करनी पड़ी !...ये कर्म ही मेरे भाग्य हैं। कोई इन्हें ठीक कहता है, कोई गलत...कोई इन्हें पाप कहता है, कोई पुण्य...। यह लकीर कौन खींच सकता है...कि पुण्य क्या है और पाप क्या है ?...क्या यह अधिकार किसी के पास है ? आज मैं अपने ही अन्तस की ध्वनि सुन रहा हूँ और अनुभव कर रहा हूँ कि मैं स्वतंत्र हूँ। मेरा सोच सही है। मैं अपना न्याय स्वयं हूँ।...आप कहते हैं, मैं स्वर्ग नहीं जा सकूँगा। मैं स्वर्ग जाने के लिए तरसता हूँ। किन्तु आज मेरी यह इच्छा मर गई है। अच्छा मैं आपके स्वर्ग को नकारता हूँ ! न मुझे स्वर्ग की जरूरत है, न किसी धर्मगुरु की ! मैं यहीं रहूँगा ! राज करूँ या नगर के बाहर रहूँ। परन्तु रहूँगा मैं यहीं, इन्हीं लोगों में ! यही मेरा स्वर्ग है ! यह लोक मेरा स्वर्ग है ! ये लोग मेरा स्वर्ग हैं ! यह मेरा स्वर्ग है !! यही मेरा स्वर्ग है !!!

[लोग मंच पर जमा हो रहे हैं। उनके चेहरों पर सत्यव्रत से सहमत होने के भाव हैं। लगता है उनका मौन भी यही बात कह रहा है कि यह धरती ही हमारा स्वर्ग है। सत्यव्रत के हाथ ऊँचे हो गए हैं। प्रकाश उस पर केंद्रित है। उसके चेहरे पर मुक्ति और विश्वास की लौ है। सूत्रधार नट और नटनियाँ मंच पर आते हैं। समूह गान आरम्भ होता है। उसमें साधारण लोग भी शामिल हैं।]

देखो ज़रा !
सोचो ज़रा !
इस मानव के कर्म के बारे में
इस मानव के धर्म के बारे में।

आप भी भाइयो
घरों को जाएँ

अपना-अपना
धर्म निभाएँ
अपना-अपना
ईश मनाएँ।

पर सोचें ज़रा !
पर देखें ज़रा !
क्या है कर्म इस मानव का
क्या है धर्म इस मानव का
क्या है कर्म इस मानव का
क्या है धर्म इस मानव का।

देखें ज़रा !
सोचें ज़रा !

धर्म बना मनुष्य के लिए
या मनुष्य बना धर्म के लिए
देखें ज़रा !
सोचें ज़रा !
देखें ज़रा !
सोचें ज़रा !

—इति—

प्रस्तुति

धर्मगुरु नाटक पहली बार रंगमंच अमृतसर (रजि.) की ओर से श्री केवल धालीवाल के निर्देशन में 20 अक्टूबर 1998 को इण्डियन अकादमी ऑफ फाइन आर्ट्स (आर्टगैलरी) अमृतसर में प्रस्तुत किया गया। नवम्बर 1998 को इस का मंचन गदरी बाबाओं के वार्षिक उत्सव में, देशभक्त हाल में हुआ। इन प्रस्तुतियों में जिन कलाकारों ने भाग लिया उनका विवरण इस प्रकार है :

वसिष्ठ	गुरिंदर मकना
सत्यव्रत	मंचप्रीत
चित्रलेखा	मोराकीन
त्र्यारुण	प्रितपाल पाली
विश्वामित्र	राजिंदर नागी
सत्यवती	सुखविंदर विरक
मालन	लवली
सूत्रधार और सुधर्मा	गुलशन शर्मा
मंत्री	अतुल
कुटनी (1)	कमलेश नंदा
कुटनी (2)	मरकश पाल
प्रधान शिष्य	सरबजीत लाडा
शिष्य	अमन दवेसर
सत्यव्रत (बालक)	मुकेश वोहरा
अन्य पात्र	राजिंदर नागी, मतिन राजविंदर जसविंदर सिद्धू
संगीत	पवन दीप
ढोल	कुलदीप गुलाटी
सैट प्रकाश वेशभूषा डिजाइन एवं निर्देशन	केवल धालीवाल

निर्देशकीय वक्तव्य

हर मनुष्य अपनी जिंदगी अपने ढंग से जीना चाहता है। कोई भी आत्मसम्मान वाला आदमी किसी प्रकार की जबरदस्ती-दखलअंदाजी अपने जीवन में सहन नहीं कर सकता। लेकिन पिछले समय में जिस प्रकार धर्म और राजनीति ने मनुष्य की हँसती-खेलती जिंदगी में खामख्वाह की दखलअंदाजी शुरू की है, उससे मानवीयता के हृदय घायल हो गए हैं।

स्वराजबीर के नाटक कृष्ण तथा धर्मगुरु को मंचित करते मुझे इस बात की खुशी रही कि पंजाबी नाटक लेखक अब किसी प्रकार की सीमाओं में न बंधकर रंगमंच के तकनीकी पहलुओं को सामने रखकर नाटक लिखने लगे हैं। *धर्मगुरु* नाटक के प्रथम पाठ के बाद स्वराजबीर के साथ तीन-चार बैठकों में इस नाटक के मंचन में पात्रों के विस्तार, नाटक की कहानी को आज के समय से जोड़ने के लिए खुलकर बातचीत होती रही। कुछ दृश्य नए लिखे गए, कुछ अन्य चरित्र नाटकीय संघर्ष को तेज करने के लिए निर्मित किए गए। एक लेखक और निर्देशक नाटक की प्रस्तुति को सफल बनाने के लिए जितनी भी खुलकर बातचीत करेंगे, वह नाटक के मंचन को और परिपक्व बनाएगी। कई बार नाटक की रिहर्सलों के दौरान या प्रस्तुति के बाद भी हमें लगता था कि कलाकार लाऊड है। लेकिन थोड़े-से विचार के बाद यह बात समझ में आई कि इस समय जिस ढंग से हमारे आस-पास धर्म और राजनीति लाऊड होकर जो खेल खेल रहे हैं, शायद इसी कारण से कलाकारों के मन के भीतर भी उचित स्तर पर इस लाऊडनेस ने उनकी अदाकारी पर असर किया है। स्वराजबीर ने अपने नाटकों को हमेशा ही रंगमंचीय जरूरतों के अनुरूप लिखा है। इन नाटकों को प्रस्तुत करने के लिए नाट्य निर्देशक हमेशा कल्पना करता रहता है कि नाटक में सिंबल कैसे दिए जाएँ, जिसमें नाटककार के लिखे शब्दों को और भी गहरे अर्थ मिल सकें। *धर्मगुरु* नाटक की प्रस्तुति में मैंने *कृष्ण* नाटक की प्रस्तुति जितनी युक्तियों का प्रयोग नहीं किया—क्योंकि

इस नाटक का विषय, चरित्रों की नाटकीय टक्कर, नाटक के संवाद, गीत, बहुत ही जबरदस्त लिखे गए हैं।

वैसे भी हर नाटक की डिमांड होती है कि उसमें थियेटर कितना भरा जाए, उसमें नाटकीय युक्तियाँ और नाटकीय तकनीकें कितनी इस्तेमाल की जाएँ। यदि हम नाटक के विषय की जरूरत से अधिक थियेटर का इस्तेमाल करेंगे तो वह दर्शकों को नाटक के विषय से तोड़ेगा और नाट्य प्रस्तुति का संदेश भी पीछे रह जाएगा। मैंने नाटक को रोचक बनाने के लिए कुटनियों की भूमिका, पुरुष अभिनेताओं से करवाई है। वैसे भी हमारी पंजाबी लोक-नाट्य परम्परा में पुरुष अभिनेता (भंड-मिरासी-नक्काल) स्त्री चरित्रों का भेष बनाकर भूमिका निभाते थे। मैंने इस नाटक की प्रस्तुति में लोक-नाटक शैली और आधुनिक नाटकीय तकनीकों का इस्तेमाल किया है। इस नाटक को जिस तरह से दर्शकों का रेस्पांस मिला है, उससे हमारे कलाकारों के हौसले बुलन्द हुए हैं। जालन्धर में नाटक की प्रस्तुति के बाद आठ-दस हजार दर्शकों ने खड़े होकर तालियाँ बजाकर दाद दी, जो अपने आप में एक मिसाल है। स्वराजबीर के नाटकों में सैट, लाइट, मेकअप, संगीत और वेशभूषा का डिजाइन करने का अपना ही मजा है। हमें यह नाटक खेलकर खुशी हुई है।

धर्मगुरु नाटक की प्रथम प्रस्तुति 'मंच रंगमंच', अमृतसर द्वारा ही 20 अक्टूबर 1998 को इंडियन एकेडमी ऑफ फाईन आर्ट्स (आर्ट फैकल्टी) अमृतसर के ऑडोटोरियम में हुई तथा 1 नवम्बर 1998 को जालंधर देशभगत यादगार हाल में गद्दी बाबाओं के मेले पर इसकी प्रस्तुति को हजारों दर्शकों ने देखा और सराहा।

—केवल धालीवाल

धर्मगुरु : मिथक को यथार्थ की कसौटी पर तौलते हुए

स्वराजबीर का पंजाबी नाटक 'धर्मगुरु' न सिर्फ पंजाबी साहित्य, वरन समूचे भारतीय साहित्य के सन्दर्भ में एक महत्वपूर्ण उपलब्धि है। 1999 में पंजाबी में प्रकाशित होने से पहले ही 1998 में इसकी मंच प्रस्तुतियाँ हो चुकी थीं। और देशभगत यादगार हाल में जालंधर के पूरी रात के नाटक मेले के अवसर पर (2 नवंबर 1998) हजारों दर्शकों ने इस नाटक का भरपूर तालियों से अभिनंदन किया। नाटक के पंजाबी भाषा में प्रकाशन के बाद नाटक न देख पाने वालों को भी दर्शकों की यह प्रतिक्रिया उचित ही प्रतीत हुई। पंजाबी के प्रतिभाशाली युवा कवि रूप में चर्चित स्वराजबीर को अपनी पहली नाटक रचना में सम्भवतः कवि रूप से कुछ अधिक सफलता प्राप्त हुई है, जिसके वे उचित रूप में हकदार हैं।

पंजाबी नाटक में ही नहीं, पूरे पंजाबी साहित्य में ही भारतीय मिथिहास कथाओं को रचना का आधार बहुत कम बनाया गया है, विशेषतः आधुनिक पंजाबी साहित्य में। हिन्दी भाषा में भी मिथकीय कथाओं को आधार बना कर लेखन बहुत अधिक नहीं हुआ है। मोहन राकेश के 'लहरों के राजहंस' या हाल में प्रकाशित दूधवाथ सिंह के 'यमगाथा' आदि में कुछ मिथिहासिक-ऐतिहासिक प्रसंगों को नाटकीय रूप दिया गया है। पिछले वर्षों में, विशेषतः 1992 में बाबरी मस्जिद के विध्वंस के बाद, अयोध्या से जुड़ी मिथिहास कथाओं की ओर संवेदनशील लेखकों का ध्यान गया है और इसी प्रसंग में भगवान सिंह के हिन्दी उपन्यास 'अपने-अपने राम' और स्वराजबीर के पंजाबी नाटक 'धर्मगुरु' में अयोध्या से सम्बन्धित मिथिहास कथाओं को यथार्थ की कसौटी पर परखा गया है। अपने-अपने राम' में तो रामकथा का ही पुनर्सृजन है और अयोध्या के धर्मगुरु वसिष्ठ के ब्राह्मणवादी षड्यन्त्रों और ऋषि विश्वामित्र के अधिक ठोस ज्ञान का अंकन हुआ है। स्वराजबीर के नाटक 'धर्मगुरु' में रामकथा से भी पहले अयोध्या की राजकथा का वर्णन है और इस नाटक में भी वसिष्ठ और विश्वामित्र की धर्मदृष्टि का

टकराव उभर कर सामने आता है। भगवान सिंह और स्वराजबीर दोनों ही सदियों पुरानी ब्राह्मणवादी वर्चस्ववादी धर्मदृष्टि के षडयंत्रकारी खोल का अपनी रचनाओं में पर्दाकाश करते हैं और धर्म के प्रति विश्वामित्र की तर्कशील ज्ञानवादी दृष्टि की प्रस्तुति कर दलित समस्या को भी उभारते हैं। भारतीय समाज में दलित समस्या समकालीन काल में उत्पन्न समस्या नहीं है, इस समस्या ही जड़ें वैदिक काल से चली आ रही हिन्दू चातुर्वर्ण्य व्यवस्था में हैं, जिस वर्ण व्यवस्था में वर्चस्व बौद्धिकता से जुड़े निठल्ले ब्राह्मण वर्ण का है। इस ब्राह्मणवादी वर्चस्व का प्राचीन काल की राज-व्यवस्था पर भी राजगुरु की पदवी द्वारा दबदबा बना हुआ था और सेना के सर्वोच्च अधिकारी और राज-पाट के स्वामी होकर भी क्षत्रिय राजा, ब्राह्मण राजगुरु के सामने विवश हो जाता था, क्योंकि राज की समय-व्यवस्था-नियम, नीति व्यवस्था व न्याय व्यवस्था की बागडोर भी राजगुरु के हाथ में थी, एक तरह से राजगुरु आज की भाषा में 'संस्कृति पुलिस' का मुखिया था, जिसके समक्ष तीनों वर्ण—क्षत्रिय, वैश्य और शूद्र कठपुतलियाँ थे। इन सब में भी शूद्र वर्ण अर्थात् दलितों की स्थिति अत्यन्त दयनीय थी, आज के दलित समाज से भी कहीं खराब। समकालीन समाज में तो दलित वर्ग ने संघर्ष द्वारा कुछ रियायतें व अधिकार प्राप्त किए हैं, किन्तु प्राचीन काल के दलितों को न तो रियायतें प्राप्त थीं और न ही अधिकार। उनका काम केवल तीन उच्च वर्णों की सेवा ही निर्धारित था। वे व्यक्तिगत सम्पत्ति या सेवाश्रम के रूप में धन के भी अधिकारी नहीं थे। स्वराजबीर के नाटक 'धर्मगुरु' में प्राचीन काल में शूद्रों की अवस्था की ओर भी ध्यान दिलाया गया है, जिससे यह नाटक आधुनिक दलित दृष्टि से भी महत्वपूर्ण टैक्स्ट है।

'धर्मगुरु' नाटक द्वारा स्वराजबीर ने प्राचीन राज-व्यवस्था को आधुनिक राजनीतिक स्थिति के सन्दर्भ में भी पुनर्व्याख्यायित किया है और समकालीन भारतीय राज्य-व्यवस्था में पल्लवित धार्मिक फासीवादी प्रवृत्ति के बीज प्राचीन ब्राह्मणवादी दृष्टि से जोड़कर प्रस्तुत किए हैं।

नाटकीय दृष्टि से 'धर्मगुरु' तीव्र एक्शन से भरपूर नाटक है। नाटकार ने 'धर्मगुरु' नाटक के सृजन पर करीब दस वर्ष तक लग्न से परिश्रम किया है। इस नाटक की कथा के लिए नाटककार ने वाल्मीकि रामायण के 'बाल कांड', महाभारत, श्रीमद्भागवत्, हरिवंश पुराण व देवी भागवत में वर्णित सत्यव्रत की त्रिशंकु कथा को आधार बनाया है। अयोध्या के महाराज त्र्यारुण का पुत्र सत्यव्रत ब्राह्मण कन्या चित्रलेखा से प्यार करने लगता है, साथ ही वह शूद्रों व आदिवासियों

से मेलजोल रखता है, जो राजगुरु वसिष्ठ को पसन्द नहीं। चित्रलेखा का विवाह उसके पिता उसकी इच्छा के विरुद्ध कहीं और करने का प्रयत्न करते हैं तो सत्यव्रत उसे विवाह मंडप से उठा लाता है और दोनों स्वेच्छा से विवाह कर लेते हैं। राजगुरु वसिष्ठ इस 'अपराध' के लिए सत्यव्रत से युवराज पद छीन कर उसे अयोध्या से निर्वासित कर देता है। सत्यव्रत और चित्रलेखा के बनवास चले जाने पर राजा त्र्यारुण भी तीर्थयात्रा पर चले जाते हैं और धार्मिक शक्ति के साथ-साथ राजकीय शक्ति भी राजगुरु वसिष्ठ के पास आ जाती है। वसिष्ठ के राज में राज्य में अकाल पड़ता है, लोग भूखे मरते हैं, वसिष्ठ के शिष्य और बड़े व्यापारी और धनिक वर्ग ऐश करते हैं। महर्षि विश्वामित्र की पत्नी सत्यवती और उनके बच्चों को भूख से मरने से बचाने के लिए सत्यव्रत आपद धर्म का पालन करता हुआ वसिष्ठ के आश्रम से नंदिनी चुरा लाकर उसका मांस बच्चों को खिलाता है, खुद भी खाता है। इस अपराध के लिए वसिष्ठ 'त्रिशंकु' बनने यानी स्वर्ग-नरक के बीच लटके रहने का दंड देता है। ऋषि विश्वामित्र उसे इस दंड से मुक्त घोषित करते हैं और सत्यव्रत के लिए नए स्वर्ग के निर्माण की घोषणा करते हैं। सत्यव्रत ऋषियों के विवाद के बीच स्वर्ग की इच्छा का त्याग करता हुआ धरती को ही स्वर्ग घोषित करता है। महाराज त्र्यारुण भी तीर्थयात्रा से लौट कर राजपाट सँभालते हुए सत्यव्रत को अयोध्या का राजा घोषित कर देते हैं। इस प्रकार धर्मगुरु वसिष्ठ के फासिस्ट धर्म और राजनीति का अन्त होता है। तीन अंकों के इस नाटक में घटनाएँ तो इतनी ही हैं, किन्तु मंच पर इन घटनाओं के नाटकीय एक्शन का दर्शकों पर जबरदस्त प्रभाव पड़ता है। कुटनियों के एक्शन नाटक को मनोरंजक और दिलचस्प बनाने में सहायक हैं।

रामायण और महाभारत की कथाएँ भारतीय समाज के इतिहास को नहीं, मिथिहास को प्रस्तुत करने वाली कथाएँ हैं। इन कथाओं में यथार्थ कम और जीवन के नैतिक-दार्शनिक अर्थ अधिक प्रस्तुत हुए हैं। इन नैतिक-दार्शनिक अर्थों को आधुनिक समय में कुछ साम्प्रदायिक शक्तियों की ओर से अपनी मनचाही व्याख्या के साथ एक फासिस्ट कोड बना कर पेश किया जाता है और समाज के उदारवादी-मानववादी माहौल को विभ्रम में डालकर एक धार्मिक मूलवादी समाज की स्थापना के लिए विचारधारात्मक वातावरण सृजित करने का प्रयास किया जाता है। किन्तु पूरे विश्व में ही मिथिहास कथाओं की भिन्न-भिन्न व्याख्या होती रही है और इन कथाओं के नैतिक-दार्शनिक अर्थ भी भिन्न-भिन्न अर्थ-छवियों में प्रस्तुत किए जाते हैं।

स्वराजबीर ने अपने नाटक 'धर्मगुरु' में एक भारतीय मिथिहास कथा को बिलकुल ही नए अर्थों में सृजित किया है। स्वराजबीर के कथा के इस पुनर्सृजन में घटनाएँ घटित होना उतना महत्वपूर्ण नहीं है, जितना उन घटनाओं की पुनर्व्याख्या महत्वपूर्ण है। स्वराजबीर ने आधुनिक दलित दृष्टि और प्रगतिशील दृष्टि से इस प्राचीन मिथिहास कथा को यथार्थ की कसौटी पर तौल कर, इसकी घटनाओं को संभावित नया मोड़ देकर, कुछ मिथकों को तोड़ कर और कृछ मिथकों को नई दृष्टि देकर, आधुनिक भारतीय समाज के लिए इस रचना को प्रासंगिक बना दिया है। जिन मिथकों को स्वराजबीर ने तोड़ा है, उनमें स्वर्ग की कल्पना और धर्मगुरु की राज-व्यवस्था में सत्ता शामिल है। यह बात चाहे त्रिशंकु की वर्णित आधारशिला में नहीं है, किन्तु स्वराजबीर ने आधुनिक दृष्टि से यह बात कथा में जोड़ी है कि स्वर्ग की जरूरत ही नहीं है और यह धरती ही—राजा और प्रजा दोनों की कर्मभूमि है। अर्थात् इस धरती को ही उचित कर्मों द्वारा स्वर्ग बनाया जा सकता है।

इसी प्रकार वसिष्ठ के फासिस्ट रूप का उद्घाटन कर, उसकी राजगुरु पद की जरूरत को ही 'धर्मगुरु' नाटक द्वारा चुनौती दी गई है। धर्मगुरु रूप में जिस प्रकार राजगुरु वसिष्ठ साधारण प्रजा पर अत्याचार करता है कि महाराज त्र्यारुण भी उसके आदेशों को रद्द करते हुए युवराज सत्यव्रत को अयोध्या का राजा घोषित कर देते हैं। क्रोध में बुड़बुड़ाता वसिष्ठ अपने आत्मसंयम का पूरा सन्तुलन ही खो देता है। विश्वामित्र के रूप में नाटककार ने एक प्रतिसंस्कृति की संरचना की है। वसिष्ठ भारतीय समाज की ब्राह्मणवादी सत्ता का प्रतीक है और विश्वामित्र ज्ञान और तर्क आधारित दृष्टि का, अतः मिथिहास कथाओं की तर्कसंगत व्याख्याओं में विश्वामित्र को प्रबुद्ध लेखक ने सम्मानजनक स्थान दिया है, जो 'धर्मगुरु' नाटक में भी है। किन्तु स्वराजबीर विश्वामित्र की स्वर्ग की अवधारणा को रद्द कर देता है। 'धर्मगुरु' नाटक में नाटककार ने शूद्रों के मानवीय अधिकारों के प्रति भी संवेदना अभिव्यक्त की है। परोक्ष रूप में धर्म और राजनीति को राजकाज से अलग रखने का सुझाव भी नाटक में प्रकट हुआ है।

इस नाटक की समकालीन राजनीतिक सन्दर्भ में भी व्याख्या की जा सकती है और इस प्रसंग में इस नाटक को गहरे अर्थों में राजनीतिक नाटक कहा जा सकता है। इस नाटक का प्रमुख चरित्र वसिष्ठ उन राजनीतिक-सामाजिक शक्तियों का प्रतीक और प्रतिनिधि चरित्र है, जिन्होंने 1992 में बाबरी मस्जिद का ध्वंस किया, ईसाई पादरी स्टेनज़ की हत्या की, दलितों पर अत्याचार किए और जो

आज भी समाज को आपात् काल से भी कहीं अधिक घुटन भरी काली स्थितियों की ओर ले जाने का प्रयास कर रही हैं। विश्वामित्र, सत्यव्रत और कुछ अन्य चरित्र इस नाटक के जनतांत्रिक और उदार विचारों के प्रतीक चरित्र हैं, जो समाज में उदार मानववादी जीवन-मूल्यों की स्थापना करना चाहते हैं और एक मुक्तिदायी जीवन की कामना करते हैं। स्वराजबीर का नाटक 'धर्मगुरु', प्रत्येक दृष्टि से विचारधारात्मक, नाटकीय और कलात्मक दृष्टि से एक सकारात्मक, प्रभावशाली, विशिष्ट और सफल रचना है, जिससे न सिर्फ पंजाबी साहित्य, वरन् पूरा भारतीय साहित्य ही समृद्ध हुआ है।

भारतीय रंगमंच को हमेशा अच्छे नाटकों की जरूरत और कमी दोनों का एहसास रहता है। 'धर्मगुरु' रंगमंच-कर्मियों के लिए मंचीय नाटकों के अभाव को कुछ हद तक पूरा करने वाला सुखद आश्चर्य भी साबित हो सकता है।

—डॉ. चमनलाल

●●●